Zhang Jie

FANGZHOU

DIE ARCHE

Frauenoffensive

Zhang Jie, geboren 1937, war die Tochter eines kleinen Angestellten. Sie verlor früh den Vater und wuchs in armen Verhältnissen auf. Schon in der Kindheit entwickelte sie eine Leidenschaft zur Literatur, doch ihr Wunsch, chinesische Literatur zu studieren, ging nicht in Erfüllung. Sie studierte an der Volksuniversität Wirtschaft, schloß 1960 ihr Studium ab und arbeitete anschließend im Industrieministerium 1. 1980 wurde sie in das Pekinger Filmstudio versetzt.
Heute ist Zhang Jie eine professionelle und sehr bekannte Schriftstellerin und Mitglied des chinesischen Schriftstellerverbandes.

Ihr literarisches Schaffen begann mit der Erzählung „Das Kind aus dem Walde", für die sie 1978 mit dem „Preis der besten Erzählungen" ausgezeichnet wurde. Es folgten eine Reihe von Erzählungen und Romanen, darunter „Liebe ist unvergeßlich" (1979), „Schwere Flügel" (1981), „Die Arche" (1981), „Die Zeit ist noch nicht reif" (1983) und „Smaragd" (1984).

张洁

方舟并骛

俯仰极乐

Zwei Boote nebeneinander

Stürmische See

Seligkeit im Augenblick

VORWORT

Was ist das?

Feuer.

Muß ich durch das Feuer?

Ja.

Ich habe Angst.

Aber dadurch wirst du rein und hell.

那是什么?
那是火。
我要穿过去么?
是的。
我怕。
但你将因此而纯净,而光明。

Übersetzt aus dem Chinesischen
von Nelly Ma
in Zusammenarbeit mit Michael Kahn-Ackermann

1. Auflage, 1985
© 1983 Zhang Jie
Originaltitel: Fangzhou
erschienen im Verlag Beijing
© deutsche Übersetzung Verlag Frauenoffensive, München 1984
(Kellerstr. 39, 8000 München 80)

ISBN 3–88104–144–3

Satz: Sylvia Seyfried, München
Druck: Clausen & Bosse, Leck
Umschlag: Inge Vogt

*Weil du eine Frau bist,
wird dein Leid unermeßlich sein.*

I

Ob es wieder regnet? Sie fürchtet sich davor. Bei Regen verschlimmern sich ihre Hüftschmerzen. Lendenwirbelrheuma, Lähmungsgefahr, hat der Arzt gesagt, irgendwann. Irgendwann? So lange will sie nicht leben. Die Mediziner mühen sich, das Leben zu verlängern. Wozu? Das wirkliche Problem ist nicht die Kürze des Lebens, sondern das ewig Nichtsterbenkönnen. Sie hofft einsichtig zu verschwinden, wenn sie einmal nutzlos geworden ist. Der Sinn des Lebens besteht im Geben, nicht im Nehmen. Wenn das jeder begriffe, wäre alles einfacher.

Sie streckt sich, um ihre vom Schlaf taub gewordenen Beine zu entspannen und berührt dabei die Armbanduhr neben dem Kopfkissen. Erst zehn vor fünf. Kein trübes Wetter, sie ist nur zu früh aufgewacht.

Sie versucht sich aufzurichten. Die Hüfte ist steif wie ein Stück Holz, unmöglich sich umzudrehen. Gott sei Dank sind ihre Arme kräftig genug, den Körper hochzuhieven. Zehn Jahre Verbannung in den Grenzgebieten sind nicht umsonst gewesen.[1] Möglicherweise müssen ihre Arme eines Tages die Funktion der Beine übernehmen, wie bei den beinlosen Krüppeln, die sie gesehen hat.

Wie stünde sie da ohne ihre kräftigen Arme? Auf wen könnte sie rechnen, auf wen sich stützen? Es paßt übrigens zur Ästhetik Majakowskis, zu seinen stufenförmigen Gedichten. Aber wäre es nicht ein Jammer, wenn die Frauen Arme wie Gewichtheber hätten, ihnen anmutige Haltung und graziöse Linien verlorengingen? Selbst sie würde es bedauern. Und die Männer? Keine Ahnung. Vermutlich warteten einige nur darauf, sich hinter Frauenschürzen zu verkriechen. Sie wird das Gefühl nicht los, daß wir uns der Epoche nähern, in der „die Stuten den Wagen ziehen". Vielleicht ist die Entwicklung des Universums nichts als ein Kreislauf. Eine Rückkehr zum Matriarchat ist nicht ausgeschlossen.

Sie greift nach dem Infrarotstrahler auf dem Tisch und steckt den Stecker in die Dose. Das Signallämpchen leuchtet auf, wirft einen weichen Lichtkranz auf das cremefarbene Plastikgehäuse. Geschickte Leute, die Shanghaier, selbst ihre medizinischen Geräte sind durchdacht und geschmackvoll.

Über soviel Annehmlichkeit, Geschmack und Einfallsreichtum zu verfügen, erscheint ihr fast ungehörig; ein Luxus, der ihr nicht zusteht, über den sie höchstens vorübergehend verfügen kann. Wie Morgensonne und Abendrot, die auf dem einsamen Felsen in Lermontows „Klippe" nur flüchtig haltmachen.

Der Strahler wird heiß, Jinghua preßt ihn an ihre Hüfte, die Hitze durchdringt den Körper, vertreibt die Eiseskälte, die selbst im Hochsommer nicht weicht.

Dank an Lao An, der das Gerät in Shanghai besorgt hat. Wenn er spricht, hat man immer Angst, daß seine

Kraft nicht ausreicht, den nächsten Satz herauszubringen. Als er ihr das Gerät überreichte, sagte er hastig und grob: „Mitleid kann ich nicht ausstehen, wie du." Offenbar wollte er ihre Unart, abwegige Assoziationen zu produzieren, von vornherein unterbinden. Fast streitsüchtig fügte er hinzu: „Ich tu's nicht aus Mitleid!"

Er keuchte wie nach einem Marathonrennen. Offensichtlich hatten diese Sätze seinen gesamten Kräftevorrat aufgezehrt.

Er wirkt auf sie nie wie ein richtiger Parteisekretär. Ganz und gar nicht. Selbst sein Name hat etwas Rundes, Kantenloses, er strahlt Friedfertigkeit und Harmonie aus: An Tai[2].

Immer deutlicher zeichnet das Morgenlicht die Silhouette der verdorrten Orchidee auf den Vorhang. Die langen Rispen hängen leblos über den Topfrand. Noch aus ihrem erloschenen Leben spricht ein hilfloser Vorwurf.

Wieder eingegangen. Sind sie nicht einmal fähig, eine Pflanze aufzuziehen?

Sie lieben Blumen, wie jeder normale Mensch. (Nicht ausschließlich Blumen, versteht sich.) Gerade gekauft sind es gesunde Pflanzen, die Blätter dick und grün, als tropfte durchsichtiger, jadegrüner Saft aus ihren Adern. Hinter den Trieben verbergen sich schwellende Knospen. Doch binnen weniger Tage werden die Blätter gelb und mager. Auch die Knospen verschwinden. Dabei liegt die Wohnung nach Süden und bekommt den ganzen Tag Sonne. Jinghua hat nichts unversucht gelassen: Sesampaste unters Erdreich gemischt, die Blumen mit Pferdehufwasser gegossen —

die ganze Wohnung stank nach Schwefeldioxyd.

Die Balkone an der Südseite des Hofes stehen in voller Blütenpracht, nur ihrer ist vollkommen kahl, wie eine blinde Greisin in einem Schwarm blühender Mädchen.

Pflanzen, so heißt es, unterliegen dem Schicksal ihrer Besitzer. Glücklose Menschen sind unfähig, Pflanzen aufzuziehen. Vermutlich ist diese Wohnung erfüllt von den verderblichen Ausdünstungen ihrer Bewohnerinnen. Noch im Hochsommer durchzieht ihre Räume ein eisiger Hauch, wie in einem Keller oder einer Leichenhalle.

Vielleicht ist das Zimmer zu groß. Jinghua hat früher einmal versucht, es mit Möbeln zu füllen: Regale, Sessel, Tische, Stühle ... Nachdem sie ihr Zimmer vollgestopft hatte, kam Liu Quans an die Reihe. Die Möbel schreinerte sie selbst. Sie waren nicht ganz so perfekt wie aus dem Möbelladen, aber sie konnten sich sehen lassen. Keiner ihrer Kollegen im Büro würde in ihr eine gelernte Schreinerin vermuten. Im Grunde besitzt jeder Mensch mehr Fähigkeiten, als man ihm zutraut.

Sie schreinerte und schreinerte, und dann verlor sie plötzlich alle Lust. Die Möbel blieben unfertig, blankes Holz ohne Lack und Farbe. Das Sofa bekam weder eine Bespannung aus Kunstleder noch eine aus Kord. Über das grobe Sackleinen, das Federn, Palmfasern und Watte zusammenhält, wurde ein ingwergelbes Badetuch geworfen, ein Sonderangebot. Die ganze Wohnung macht einen halbfertigen Eindruck und zeugt vom Mangel an Ausdauer und Akkuratesse. In den Augen der Umwelt vermutlich ein getreues Abbild ihres vierzigjährigen Daseins.

Weiß der Himmel! Jinghua lacht plötzlich.

Maotou springt vom Sofa, kommt an ihr Bett und miaut, als wolle sie fragen: „Aufgewacht?"

Jinghua streckt die Hand aus, um sie anzulocken. Doch die Katze schwenkt ihren Schwanz und kehrt zum Sofa zurück, um weiterzuschlafen.

Auch Jinghua könnte weiterschlafen. Es ist noch früh am Morgen und es ist Sonntag. Aber sie will nicht.

Sie muß einen unerfreulichen Traum gehabt haben: von Regen, von Schnee, Sturm, Frost und Schlamm.

Von dem Baby, das am Ende doch nicht geboren wurde.

Von dem kleinen Postschalter mit der abgeblätterten grünen Ölfarbe und den Jiao-Scheinen[3], die zerknittert über den Boden verstreut lagen. Jedem Geldschein war die Mühe anzusehen, den zu sparen es gekostet hatte. Das Geld war für ihren Vater und ihre Schwester; doch er riß es ihr aus der Hand. Was hat er damals gesagt? Sie erinnert sich nicht mehr genau. Irgendwas wie: „Um deine Familie durchzufüttern, treibst du unser Kind ab. Wozu habe ich dich geheiratet? Ich laß mich scheiden!"

Hatte sie sich nur des Geldes wegen gegen das Kind entschieden? Ein Verbrechen wäre es damals gewesen, ein neues Leben in die Welt zu setzen. Wie hätte sie ahnen sollen, daß die ‚Viererbande' eines Tages verschwinden würde.

Wozu hatte er sie geheiratet?

Mit ihr schlafen, Kinder zeugen, ein bequemes Zuhause. Leider sind das nicht Jinghuas Stärken.

Gehörten Vater und Schwester nicht auch zu ihm?

Natürlich nicht. Ihn hat Jinghua ja auch nie als zu sich gehörig betrachtet.

„Ein Wintermärchen"[4] ...

Immer wenn die glücklichen und tugendhaften Frauen über eine andere Frau herfallen, fühlt sie sich mitgetroffen. Schließlich hat auch sie einen Forstarbeiter geheiratet, um ihre Familie zu unterstützen, als Vater zur ‚reaktionären Autorität' erklärt wurde, und ihre Schwester deswegen den Lebensunterhalt verlor. Und auch sie hat sich wieder scheiden lassen!

Die Glücklichen, die Gesunden an Körper und Seele sollten nachsichtig sein. Warum sind sie es nicht?

Jinghua wälzt sich auf die andere Seite. Nein, auf keinen Fall wieder einschlafen! Sie will nicht in diesen Traum, nicht in diesen Urwald zurückkehren.

Der Urwald ist, wie vieles andere, nur auf Bildern, in der Musik und in der Literatur poetisch. In der Kunst verkörpert er trotz seiner Düsternis und Grausamkeit eine wilde, urzeitliche Schönheit. Wirklich darin zu leben, kann für eine schwache Frau wie sie bedeuten, erbarmungslos in seiner Umarmung verschlungen zu werden. Ach, die kleine Blockhütte, $20°$ unter Null, die eisige Kälte, die sie fast zum Leichnam erstarren ließ. Wie sollte ihre Wirbelsäule dem Frost standhalten, der selbst Stahlseile zum Reißen gebracht hätte. Immer wenn sie unverhoffter Ärger bedrückt und ihr das Leben zur Qual wird, tröstet sie sich mit dem Gedanken, daß sie im Winter wenigstens nicht mehr Wasser schöpfen und Lehm anrühren muß. Daß sie nicht mehr auf die kleine, selbstgezimmerte Leiter steigen muß, die bei jedem Tritt zusammenzubrechen drohte, um die Fugen zwischen den Balken zu verschmieren. Sie sollte zufrieden sein.

Wäre es nur ein Traum! Aber es ist kein Traum, die Male an ihrem Körper sind nicht wegzuwaschen, nicht fortzureiben, nicht zu vergessen.

Merkwürdig, sie erinnert sich an jeden seiner Fausthiebe auf Körper und Gesicht und an die Schmerzen, die sie ihr verursachten. Sie erinnert sich an jede Demütigung, an jedes Wort seiner Wandzeitungen, mit denen er die Wände der Schule pflasterte, wo sie arbeitete. Auf diesen Wandzeitungen warf er ihr vor, ihre Pflichten als Frau zu vernachlässigen. Gewöhnlich begannen sie mit Zitaten, wie: „Es gibt weder grundlosen Haß noch grundlose Liebe!" oder „In allem muß die Arbeiterklasse führen!" oder „Wir müssen zwischen uns und der bürgerlichen Ideologie einen klaren Trennungsstrich ziehen, es gibt keine friedliche Koexistenz!". Dann pflegte zu folgen: „Der Ostwind weht, die roten Banner flattern ...".

Sie erinnert sich an seinen penetranten Knoblauchgeruch, als hätte er mehrere Jahre in einem Glas mit eingelegtem Knoblauch verbracht. Aber an sein Aussehen erinnert sie sich nicht mehr. Mehr als sechs Jahre hat sie mit ihm auf einem Kang[5] geschlafen, mit ihm an einem Tisch gesessen. Heute würde sie ihn wahrscheinlich nicht wiedererkennen, wenn sie ihm auf der Straße begegnete. Sie empfindet deshalb vage Gewissensbisse. Schmerz und Scham sind jetzt, da alles Erinnerung ist, leichter zu ertragen. Nein, selbst das ist zuviel. Sie zwingt sich, an etwas anderes zu denken.

Heute ist sie mit dem Kochen an der Reihe. Nach dem Aufstehen wird sie auf den Markt gehen. Heute soll ausnahmsweise mal ordentlich gegessen werden.

Plötzlich hört sie Liu Quan im Nebenzimmer weinen.

Maotou fährt kampfbereit vom Sofa herab, mit erhobenem Schwanz saust sie in Liu Quans Zimmer, als sei sie bereit, sich für Liu Quan auf Leben und Tod zu schlagen.

Jinghua steht auf, um nachzuschauen. Verdammt, Maotou hat wieder einen Pantoffel verschleppt! Dieses Herzchen!

Liu Quan beginnt plötzlich zu schreien: „Du treibst es zu weit, du trampelst auf mir herum; paß auf, ein getretener Hund beißt!"

Weinen und Schreien sinken zu einem Gemurmel herab. Sie träumt. Auch Liu Quan hat einen Alptraum. Nichts als Alpträume! Jinghua seufzt.

Maotou kommt zurückgeschlichen, springt aufs Sofa, kauert sich nieder und fixiert Jinghua mit düsteren Augen, als wolle sie fragen: „Was ist nur los mit euch?"

Jinghua lächelt ihr entschuldigend zu. Selbst für Katzen ist das Leben mit ihnen eine Qual. Kein Wunder, daß die Männer sie verlassen!

Ihre Wohnung gleicht einem Witwenklub.

Wirklich merkwürdig. Man sollte einmal ernsthaft untersuchen, warum der Prozentsatz von Scheidungen in ihrer Generation so hoch ist, anstatt sich mit dem abgedroschenen Gerede von der ‚bürgerlichen Ideologie' zu begnügen. Kann man sich so leichtfertig über den Mut, die Opfer, die langen, qualvollen Überlegungen, die diese Lebensentscheidung gekostet hat, hinwegsetzen?

Sie sind gemeinsam zur Grundschule gegangen, haben gemeinsam die Aufnahmeprüfung der Mittelschule in X. bestanden. Erst das Studium trennte sie. Nacheinander heirateten sie, nacheinander ließen sie sich, wie verabredet, wieder scheiden. Dank Liang Qians Fürsorge kamen sie in dieser Wohnung unter.

Manchmal überfällt Jinghua eine Art Halluzination. Ihr ist, als wäre die Zeit rückwärts gelaufen und sie befänden sich wieder im Wohnheim der Mittelschule. Als würde sie wieder in der Mittagspause mit Hilfe eines Augentropfenfläschchens Wasser auf die Lider der Mädchen träufeln. Liu Quan, ernsthaft wie eine Erwachsene, würde sie zu einer Unterredung herbeizitieren: „Kameradin Cao Jinghua, das gehört sich nicht, das mußt du einsehen!" Liu Quan war Klassensprecherin und spielte sich gerne auf. Heute wirkt sie wie eine ausgequetschte Kaki.

Jinghua wünschte, die Schulglocke würde sie wieder aus dem Schlaf läuten!

„Dong! Dong! Dong!" ein lautstarkes und ungeduldiges Pochen an der Tür. Als sei Feuer ausgebrochen und man riefe sie zu Löscharbeiten.

Das heftige Klopfen bringt Jinghua durcheinander, in der Eile findet sie nicht in den rechten Ärmel. Wütend zerrt sie sich die halbangezogene Bluse wieder herunter — der Ärmel ist nach innen gestülpt.

„Wer da?" Mit heruntergetretenen Hausschuhen schlurft Liu Quan aus ihrem Zimmer, hastig fingert sie nach den Knöpfen ihrer Bluse.

Keine Antwort. „Dong! Dong! Dong!"

Übertrieben heftig reißt Jinghua die Tür auf.

Bai Fushan, natürlich! Der elegante Aggressor, wer sonst.

Silbergrauer Sommeranzug, weiße Sandalen, das Haar nicht gerade so lang wie das eines Hippies, aber jedenfalls länger als das eines mausgrauen Büroangestellten, der den lieben langen Tag an seinem Schreibtisch Dokumente kopiert, oder das eines Universitätsdozenten, das Maul voll Kreide und nichts als I, II, III, IV und A, B, C, D im Hirn. Von Kopf bis Fuß verkündet sein Äußeres den erfolgreichen, erstrangigen Geiger, nicht zu verwechseln mit den kleinen Musikern hinten im Orchester, die auf ihren Instrumenten herumkratzen und sich dabei aufführen wie Schmierenkomödianten.

Sein sorgloses Auftreten ist das Resultat genau kalkulierter, mühsamer Politur. Ein helles Köpfchen, im Menschlichen wie im Künstlerischen. Hinter der Kunstfertigkeit, mit der er ein unerfahrenes Publikum verblüfft, steckt nichts als eine Kopie ohne einen Funken eigener Empfindung.

Dieser unverschämte Überfall — so früh am Morgen! Liu Quan und Jinghua sind kaum aus ihren Alpträumen erwacht, sie hatten noch keine Zeit, ihr inneres Gleichgewicht wiederzufinden, und nun bricht dieser Mann in ihre Trauer, in ihr Innenleben ein, in ihren Wunsch nach einem friedvollen Sonntag. Einen wichtigen Grund dafür hat er mit Sicherheit nicht.

Sie fühlen sich gedemütigt und zornig.

Bai Fushan rümpft die Nase. In der Wohnung riecht es immer nach Zoo. Wahrscheinlich hat ihre Katze gerade gepißt.

„Was suchst du hier?" Jinghua stellt sich breitarmig in den Türrahmen, um zu signalisieren, daß sie ihn nicht hereinzulassen gedenkt.

Bai Fushans Blick wandert von der einen zur andern. Beide in heruntergetretenen Hausschuhen und im Nachthemd, ungewaschen, ungepflegt. Für ihn gibt es keinen Grund, nicht einzutreten. Schließlich läuft die Wohnung auf Liang Qians Namen, damit gehört sie automatisch auch ihm. Die beiden Frauen schmarotzen hier auf Kosten seiner Familie. Er kann eintreten, wann immer es ihm paßt, egal ob sie gerade schlafen oder sich auf dem Klo waschen.

„Ich suche Liang Qian!" sagt er mit einem hintergründigen Lächeln. Die merkwürdige Existenz dieser beiden alleinstehenden Frauen mit ihrer alleinstehenden Katze reizt ihn jedesmal, sich auf ihre Kosten zu amüsieren.

„Du hast uns nicht angeheuert, auf deine Frau aufzupassen!" Liu Quan zittert vor Wut. Zwei Tage zuvor ist das gleiche schon mal passiert. Es war nach zehn Uhr abends, sie hatte sich bereits schlafen gelegt. Obwohl sie ihm mitteilte, daß Liang Qian nicht zu Hause sei, schnüffelte er in Jinghuas Zimmer herum, als sei er Poirot auf der Spur eines Mörders.

Damit nicht genug, ohne mit der Wimper zu zukken, stieß er mit einem Tritt die Tür zu Liu Quans Zimmer auf. Es war eine drückend heiße Sommernacht, sie lag in Unterwäsche auf dem Bett und hatte kaum Zeit, sich mit einem Badetuch zu bedecken.

„Ich sollte jemanden anheuern, um auf euch alle drei aufzupassen." Unmißverständlich, was er damit sagen wollte: Kein Aas würde sich nach ihnen bücken, selbst wenn man sie um Mitternacht auf die Straße würfe. Wer sollte etwas von ihnen wollen? Alle drei, Liang Qian eingeschlossen, sehen aus wie luftgetrocknetes Rindfleisch. Höchstens, daß irgendeiner aus purer Langeweile was zwischen die Zähne bräuchte.

„Schamloser Kerl!" Wenn es drauf ankommt, bleibt Liu Quan die Sprache weg.

Bai Fushan nickt ungerührt. Liu Quans Wut läßt ihn kalt. Seine arrogante Unbeweglichkeit strotzt von Verachtung. Er verbirgt nicht im mindesten, daß er es genießt, sie zu quälen.

In aller Ruhe, wie ein Schütze, der ein Ziel anvisiert hat, und nun auf den Abzug drückt, Schuß um Schuß, sagt Jinghua: „Es ist jetzt Punkt sechs Uhr dreißig. Unsere Öffnungszeiten: Parteienverkehr von neun Uhr vormittags bis acht Uhr abends. Wenn Sie etwas zu erledigen haben, kommen Sie um neun Uhr wieder!" Mit einem Knall schlägt sie die Tür zu.

Der Tag ist im Eimer. Ein Jammer!

Im Spülbecken häufen sich achtzehn schmutzige Schalen. Dreckiges Geschirr von gestern und vorgestern. Kein sauberes Stück mehr im Küchenschrank. Für ihr einfaches Frühstück muß Jinghua achtzehn Schalen und Teller spülen. Abspülen ist ihnen zuwider, bevor der Küchenschrank nicht gähnend leer ist, nimmt keine von ihnen den Spüllappen zur Hand. So geht es nicht weiter! Sie sollten einen Putzdienst einrichten, wie damals im Mädchenschulheim.

Eine widerliche Arbeit, die Abspülerei. Dann schon lieber Kochen. Das ist wenigstens kreative Arbeit!

Jinghua wirft einen gehäuften Löffel Soda ins Spülbecken. Das Wasser ist kochend heiß. Mit spitzen Fingern greift sie einen Zipfel des Spüllappens und rührt damit im Becken herum. Das Wasser färbt sich sofort trübe, auf der Oberfläche bildet sich schwärzlicher Schaum.

Diese Schalen und Teller werden nie wirklich sauber, der Lappen ist immer voller Öl, fettig und glitschig. Schmutzige Schalen, schmutzige Teller, schmutziger Lappen — Abbilder ihrer Achtlosigkeit und ihres Desinteresses gegenüber den Notwendigkeiten des Alltags. Sie haben das Gefühl, für diese Dinge keine Zeit zu haben. Wie machen das die anderen?

Chaos!

Pong! Sie hört im Nebenzimmer Liu Quan auf den Tisch schlagen.

„Nicht einmal das kannst du! Willst du nun auf die Schwerpunktmittelschule oder nicht? Und wie willst du später an die Universität, wenn du jetzt durchfällst? Dein Vater kümmert sich wohl um überhaupt nichts mehr!"

Liu Quan erzieht Mengmeng. Offenbar kommt er wieder mal mit seinen Mathematikaufgaben nicht zurecht.

„Hu-Hu — !" Mengmeng heult.

Nein, dies ist nicht mehr der Schlafsaal der Mädchenschule von X. Es ist zugleich mehr und weniger.

Idiotinnen! Sie sind gottverdammte Idiotinnen! Vermutlich werden sie aus dem Kind auch einen Idioten machen. Ach, sie hat es satt, sich ein Leben lang über alles und jedes das Hirn zu zermartern. Aber könnten sie leben wie Bai Fushan?

Jeder nach seiner Facon.

Jede andere Mutter würde ein Kind, das sie nur einmal in der Woche sieht, nach Strich und Faden verwöhnen. Wenn man Liu Quan so sieht, könnte man sie für eine Rabenmutter halten. In Wirklichkeit hat sich ihr Scheidungsprozeß fünf Jahre hingeschleppt, weil sie um das Sorgerecht für Mengmeng kämpfte. Scheidung oder Kind — Kind oder Scheidung! Mengmeng diente als Geisel. Für Liu Quan wurde es eine Folter, die sie fast zum Wahnsinn trieb.

Wieso macht eine Privatangelegenheit zweier Menschen wie die Ehe, alles so kompliziert? Aus keinem anderen Grund haben Jinghua und Liu Quan den Traum von einer zweiten Heirat aufgegeben. Noch heute versetzt sie der Gedanke an die Scheidung in Panik. Wie passend, daß die Umgangssprache das Wort ‚Scheidung' mit den Verben ‚sich raufen' und ‚sich prügeln' verbindet. Kein Scheidungsprozeß, bei dem nicht auf Leben und Tod gerauft und geprügelt wird, bis alles in Trümmern liegt. Es gehört wohl zu einer Scheidung, daß der gegenseitige Haß ein Stadium erreicht, wo sich zwei Menschen in Fetzen reißen möchten.

Was geht wohl in den Köpfen all der lieben Mitmenschen vor, die um jeden Preis eine Scheidung verhindern wollen? Sie glauben die letzte Stufe der Reinkarnation zu erreichen oder eine sündige Seele aus der Hölle zu retten, sie halten sich für die Göttin der Barmherzigkeit persönlich, wenn es ihnen gelingt, zwei Menschen mit Gewalt aneinanderzuketten. Sei es drum, wenn einer der beiden sich vor Verzweiflung aufhängt, den Hals durchschneidet oder Insektengift schluckt, solange er nur bis zu seinem letzten Röcheln die Formen der Ehe wahrt. Es geht über das Begriffsvermögen dieser Leute, daß die Liebe sterben kann, wenn im Laufe des Zusammenlebens der Schleier verschwindet, der zu Beginn die wahre und wenig schöne Seele verhüllt hat. Ebensowenig werden sie je begreifen, daß die Liebe kein Winterkürbis und keine Aubergine ist, deren faule Stellen sich wegschneiden lassen, während der Rest genießbar bleibt. Liebe ist ein Zusammenklang. Erlischt sie bei einem Partner, hat sie als Ganzes aufgehört zu existieren.

Der Entschluß zur Scheidung verlangt daher übermenschlichen Mut, den Verzicht auf jegliche Selbstachtung. Du mußt bereit sein, deine intimsten Geheimnisse preiszugeben. Vor wildfremden Menschen mußt du ausbreiten, daß dein Eheleben aufgrund plötzlich aufgetretener physischer Unfähigkeit zur Hölle geworden ist. Mußt es hundertmal wiederholen, hundertmal neu vorbringen, um Gnade, um Verständnis flehen. Und warum? Weil diese Leute das Recht haben, ihre Nasen in deine Eheangelegenheiten zu stecken. Deine Gründe mögen für sie absurd sein, für dich aber steht das Schicksal auf dem Spiel. Dir ist, als würden dir vor einer tausendköpfigen Menge die Kleider vom Leib gerissen. Jede Scheidung vernichtet Ruf und Würde, jede Scheidung ist ein Kampf auf Leben und Tod. Mein Gott, warum lassen sie einen nicht in Ruhe!

Jinghua hatte Liu Quan schließlich soweit gebracht, auf Mengmengs eigene Urteilsfähigkeit zu vertrauen. Er würde älter und verständiger werden, bei einem einigermaßen aufrechten Charakter würde er sich eines Tages freimachen und zu ihr zurückkehren. Es ist sinnlos, jemand aus Angst vor dem Verlust einzusperren. Menschen sind keine Gegenstände, ihre Körper kann man einsperren, ihre Herzen nicht.

Das Herz, seltsam und unergründlich wie eine vorüberziehende Wolke am Sommerhimmel. Schlägt es für dich, kannst du es nicht verlieren. Schlägt es nicht für dich, wirst du es durch kein Mittel der Welt erobern. Nicht durch Gewalt, nicht durch Geld und nicht durch Intrigen.

Dieser Esel von einem Mann. Er glaubte auf diese Weise das Band zwischen Mutter und Sohn zu zerreißen, er glaubte, über Liu Quan einen entscheidenden Sieg errungen zu haben. Idioten wie ihn gibt es vermutlich wie Sand am Meer.

Und siehe da, heute kommt Mengmeng von selbst. Soll sein Vater alles stehen und liegen lassen, um ihn 24 Stunden am Tag zu bewachen? Nicht einen Heller seiner 56 Yuan im Monat würde er dafür opfern. So einer wie Mengmengs Vater schon gar nicht. Die Materie ist das Primäre, der Geist das Sekundäre — in dieser Hinsicht ist er ein radikaler Materialist. Er kümmert sich nicht mal um Mengmengs Mathematikprobleme.

„Hu-Hu!" Nun fängt auch Liu Quan an zu heulen. Weint nur.

Liu Quan läuft dieser Tage bedrückt herum. Direktor Wei hat sich wieder an sie herangemacht.

Vor ein paar Tagen hielt er sie nach Dienstschluß zurück: „Liu-chen, komm, berichte mal vom Produktionsfortgang der ersten Monatshälfte."

Warum nicht während der Arbeitszeit? Warum nicht mit Lao Dong, dem zuständigen Ressortchef?

Sie hatte kaum ein paar Worte geäußert, als er zur Sache kam: „Steht dir ausgezeichnet, dieses Kleid, bringt deine Figur sehr gut ..." Seine Hand wanderte an ihre Hüften.

Sie tat, als hätte sie nichts bemerkt, sie wechselte nur wie absichtslos zu einem Stuhl nahe der Tür. Weis Miene verfinsterte sich, er schwieg eine Weile. Liu Quan spürte, wie ihr Gesicht heiß wurde.

„Wollten Sie — wollten Sie nicht über die Arbeit reden?"

„So? Äh, ja richtig, reden. Wie wär's, wenn du heute abend zu mir kommst, dann können wir die ganze Nacht hindurch reden? Hi-hi, hi." Er kicherte unaufhörlich vor sich hin, als wäre er auf eine eiskalte zappelnde Kröte getreten, die ihm die Fußsohlen kitzelte.

„Ich habe keine Zeit!"

Wie ungeschickt! Sie hätte ihm über den Mund fahren sollen: Ich bin kein Animiermädchen!

Das hätte sie erleichtert. Wie gern wäre sie eine dieser Frauen, die redeten, als hätten sie einen Stahlträger im Rücken, einen Meter dick! Sie ist solchen Frauen begegnet, Frauen, die selbst die Kaba von Mekka betreten würden, als sei sie ihre Privatwohnung.

Leider hat sie keinen meterdicken Stahlträger im Rücken. Widerspenstigkeiten kann sie sich nicht leisten. Das Schicksal hat sie gelehrt, Demütigungen herunterzuschlucken, sich zu unterwerfen. Warum mußte sie auch als Frau auf die Welt kommen, schlimmer noch, als eine einigermaßen gutaussehende Frau! Daß Häßlichkeit ein Unglück ist, weiß jeder, doch daß Schönheit kein geringeres Unheil ist, ahnen nur wenige. Noch dazu, wenn man geschieden ist, zu keinem gehört. Keinem zu gehören, heißt wohl, allen zu gehören.

Ihr einziger Ausweg ist die Flucht. Liang Qian bemüht sich mit Hilfe ihres Vaters, für sie eine Versetzung zu bewerkstelligen. Gebe Gott, daß alles glatt läuft. Vielleicht wird es besser, wenn sie den Arbeitsplatz wechselt.

Jinghua schüttelt die Ölflasche, sie ist fast leer. Wieder mal alle. Sie darf heute nicht wieder vergessen, welches zu besorgen, sonst fällt das Mittagessen ins Wasser. Sie gießt den restlichen Flascheninhalt in die Pfanne, die Mantouscheiben müssen im Öl schwimmen. Mengmeng heult noch immer, Liu Quan auch. Sonntagssymphonie, erster Satz.

Jinghua ruft ins Nebenzimmer: „Mengmeng, komm mal her, willst du die Mantouscheiben süß oder salzig?"

„Süß!" Mengmeng schluchzt weiter.

So, er beginnt sich auf die Mantouscheiben zu konzentrieren, das Schluchzen verebbt. Gott sei Dank!

Süß. In der Kindheit glaubt man immer, Süßes sei der Gipfel aller Genüsse. Erst später entdeckt man, daß auch Salziges, Scharfes und Bitteres seine Reize hat.

„Tok! tok! tok!" wieder klopft es an die Tür.

Jinghua sieht auf die Uhr. Es ist neun.

Bai Fushan? Hat er wirklich brav zweieinhalb Stunden vor der Tür gewartet? Der feine Herr, der in seinem Leben noch keine halbe Stunde für eine ehrliche Sache geopfert hat? Dann muß ihm wirklich etwas unter den Nägeln brennen.

„Mengmeng, mach die Tür auf!"

Klack, die Tür geht nicht auf. Klack, sie geht immer

noch nicht auf. Mengmeng kommt mit dieser Art von Türschlössern noch nicht zurecht. Keine Eile, laß ihn nur machen, er soll es lernen. Er hat noch viel zu lernen. Liu Quan nimmt ihm zuviel ab. Hätte sie nicht im Moment ein geschwollenes Gesicht und gerötete Augen, wäre sie längst herbeigesprungen. Auf diese Weise erzieht man Taugenichtse. Kluge Mütter sind rar, ebenso rar wie kluge Ehefrauen. Gewisse Leute sprechen daher von einer weltweit unaufhaltsamen Tendenz der Verweiblichung des Mannes und der Vermännlichung der Frau. Den wissenschaftlichen Beweis für diese These sind uns die Anthropologen und Soziologen bislang allerdings schuldig geblieben.

Endlich, die Tür ist auf.

„Oma, zu wem wollen Sie?"

Nicht Bai Fushan? Jinghua muß über sich selbst lachen. Absurd, nur einen Moment lang zu glauben, Bai Fushan würde so lange draußen warten!

„Sind Erwachsene zu Hause?" Das klingt nach Frau Jia, der Leiterin des Straßenkomitees.[6] In ihrer Stimme liegt offener Argwohn. Die Tür, die sich erst nach endlosem Klick-klack öffnet, das Kind, das man ihr entgegengeschickt hat, es riecht förmlich nach Ungehörigkeiten und dem Versuch, sie eilig zu vertuschen.

Auf keinen Fall darf jetzt Liu Quan an der Wohnungstür erscheinen, das würde Frau Jias witterndem Mißtrauen zusätzlich Nahrung geben. Jinghua schließt eilig den Ofendeckel, fischt die halbgebratenen Mantouscheiben aus der Pfanne und hastet zur Tür.

„Ah, Genossin Cao, Sie sind zu Hause!" Während Frau Jia das linke Auge voll überströmender Herzlichkeit auf Jinghua richtet, späht das rechte gierig an Jinghuas Ohrläppchen vorbei in den Flur.

Frau Jia wohnt nebenan. Jedenfalls hat sie heute früh Bai Fushans Gepoltere und seine Stimme gehört. So etwas läßt sie sich nicht entgehen.

Bei den nächtlichen Razzien während der Zeit der ‚Viererbande' wurde Jinghuas und Liu Quans Wohnung regelmäßig durchsucht, als hätten sie ein Dutzend wilder Kerle bei sich versteckt. Anfangs hatten sie geglaubt, sie seien nicht mehr betroffen als die anderen, später fanden sie heraus, daß ihre Wohnung zu den Schwerpunkten gehörte. Klar, sie sind geschieden, in den Augen der Öffentlichkeit gehören sie somit zur Kategorie „Frauen mit zweifelhaftem Ruf". Kein Wunder, daß Direktor Wei dauernd an Liu Quan herumgrabscht.

„Was gibt's?" Je mehr Frau Jia herumschnuppert, desto entschlossener ist Jinghua, sie nicht hereinzulassen. Soll sie's nur versuchen! So einfach geht das heute nicht mehr mit Hausdurchsuchungen!

„Ich hätte gern gewußt, ob unser Kater bei Ihnen ist?"

„Nein", antwortet Jinghua resolut. „Warum sollte er?"

„Ach Gott, Genossin Cao, wissen Sie denn nicht? Seit Ihre Katze im Haus ist, geben die sechs Kater im Hof keine Ruhe mehr, die jungen wie die alten! Hi, hi, hi!" Sie kichert zweideutig.

Das wird ja immer toller! Daß alleinstehende Frauen zur Zielscheibe von Verleumdungen werden, läßt sich ja noch begreifen; aber trifft es jetzt auch alleinstehende Katzen? Nichts zu machen, Maotou muß schnellstmöglich verheiratet werden!

Jinghua bricht in schallendes Gelächter aus: „Ha, ha, ha! Was für ein Glück für unsere Katze, so viele Verehrer! Wir fühlen uns stolz und geehrt!"

„So, mh? Ah ja, ha, ha, ha!" Frau Jia bewegt sich schrittweise rückwärts.

„Wollen Sie nicht für einen Moment hereinkommen?" Jinghua überschlägt sich fast vor Freundlichkeit. Sie reißt einladend die Wohnungstür auf.

„Äh, vielen Dank, ein andermal!" Frau Jia bewegt sich weiterhin rückwärts, als fürchte sie, sich in diese Wohnung an Lepra zu infizieren.

Jinghua hat bereits die Tür hinter sich geschlossen, als sie sie in einem plötzlichen Einfall wieder aufreißt. Mit gedämpfter Stimme ruft sie die Treppe hinunter: „Frau Jia, ich muß Ihnen noch etwas Wichtiges sagen. Besinnen Sie sich mal: Sie sind doch gestern nach dem Abendessen auf dem Balkon eingeschlafen, nicht wahr?" Frau Jias Balkon grenzt direkt an ihren. Jeden Abend zwischen zehn und elf verrät rhythmisches Klatschen eines Palmblattfächers gegen den Oberschenkel, daß Frau Jia auf ihrem Balkon frische Luft schnappt. Verlangsamt sich der Rhythmus und verstummt das Klatschen, so ist davon auszugehen, daß sie ein Nickerchen macht.

„Ja, das stimmt."

„Ich habe Sie im Traum reden hören." Jinghua hält inne, ihr Gesicht wird ernst.

„Was habe ich gesagt?" Ein Blick auf Jinghuas Miene verrät Frau Jia, daß es sich nur um etwas handeln kann, was besser ungesagt geblieben wäre. Um Gottes willen, was ist ihr entschlüpft! Sie kramt verzweifelt in ihrem Gedächtnis herum und sieht dabei aus wie jemand, der gerade entdeckt hat, daß ihm der Reis aus dem Sack geronnen ist, und der nun, sinnlos und unbewußt, die Hand vor das Loch im längst ausgelaufenen Sack hält.

„Es war was Politisches. Oh, sehr schlimm, so schlimm, daß ich es besser nicht wiederhole." Jinghuas vage Äußerung läßt die Angelegenheit noch bedrohlicher erscheinen.

„Ich? Nein, nicht möglich ..." Frau Jia gerät ins Stottern. Ihr Doppelkinn zittert, sie ist von Panik ergriffen. Ganz offensichtlich hat sie sich in Gedanken oder im Kreis der Familie zu unerlaubten politischen Äußerungen hinreißen lassen.

Die Gedanken des Tages sind die Träume der Nacht!

„Wirklich nicht? Denken Sie mal gut nach!" Jinghua schließt die Tür.

Ungläubig zwinkert Liu Quan mit ihren geschwollenen Augen: „Ist das wahr?"

„Ach Quatsch! Aber das wirksamste Mittel ‚Superlinke' zu kurieren, ist nun mal, noch linker zu sein!"

„Aber du bist zu weit gegangen, sie ist zu Tode erschrocken."

Stimmt, das war ein etwas grausamer Streich. Aber wer hat je Mitleid mit ihnen gehabt?

Erst sucht der eine seine Ehefrau bei ihnen, dann die andere ihren Kater. Alles was recht ist! Offenbar kann jeder zu ihnen rennen, ob er nun etwas verloren hat oder im Dreck steckt, schlechte Laune hat oder sich in seiner Großartigkeit bestätigen lassen will. Als wären sie hier eine Räuberhöhle, ein Blitzableiter, der Abschaum der Gesellschaft.

Hat jemals einer daran gedacht, ihnen etwas zu schenken? Ihre Wünsche sind ja durchaus bescheiden. Freundschaft, Liebe, Gerechtigkeit, Respekt, Geborgenheit und Hilfe, all diese Dinge, auf die jeder Mensch in dieser Welt Anspruch erhebt, verlangen sie nicht; sie verlangen lediglich ein bißchen Verständnis, nein, das ist schon zuviel, nur ein wenig Toleranz. Daß keine böswilligen Augen eifersüchtig an ihrer Türe lauern und ihnen nachspionieren. Daß man sie nicht als Abfalleimer benutzt, in dem man alles abladen kann, was unbrauchbar, schimmlig und verdorben ist.

Was ist nur in sie gefahren? Sie benimmt sich wie eine hysterische alte Witwe! Sie war doch früher nicht so! Wird dieses Herz sich jemals wieder ruhig und liebevoll wie einst verströmen, großmütig, wie eine Blüte ihren Duft? Wird es jemals wieder zärtlich wie das Mondlicht die Träume anderer warm umspinnen? Sie sehnt sich danach, eine Frau zu sein, eine geliebte und liebende Frau.

Nein, sie möchte nicht vermännlichen! Wer sollte sie dazu zwingen?

II

Alle sind fort. Liang Qian bleibt allein im Tonstudio zurück. Der große Saal, der eben noch vom Lärm der Instrumente und Stimmen überzuquellen schien, wirkt auf einmal weit und leer. So still! Man glaubt selbst das Echo eines zu Boden fallenden Seufzers hören zu können. Aber Liang Qian hat nicht vor zu seufzen. Wozu! Sie hat genug geseufzt! Wenn sie noch ein wenig Kraft hätte, würde sie sich einfach fallenlassen und quer durch den Saal rollen. Als Kind hat sie ihre Wut auf diese Weise abgelassen.

Mit verschränkten Armen steht sie inmitten des leeren Tonstudios wie auf freiem Feld. Kaltes Licht fällt hoch von der Decke auf ihr starres, einsames Gesicht. Durch seine Fältchen, verzweigt wie die Nebenarme eines Flußes, rinnen die Müdigkeit eines erschöpften Körpers und einer erschöpften Seele. Plötzliche Zugluft reißt sie aus ihrem Dämmer: sie muß sich aufraffen! Sie löscht das Licht und geht in den nebenliegenden Arbeitsraum.

Man glaubt, im Steuerraum eines Schiffes zu sein. Wie ein Kapitän sitzt sie hinter dem Mischpult. Gegenüber im Studio, hinter der schalldichten Glasscheibe, die die halbe Wand einnimmt, herrscht tiefe Finsternis. Sie umschließt Liang Qian und raubt ihr das Gefühl für Entfernung und Tiefe; der Raum wirkt auf sie unendlich größer als er ist. Eine Sinnestäuschung. Nicht zu leugnen, sie fühlt sich einsam. Jack Londons ‚Seewolf' kommt ihr in den Sinn, die Geschichte des schurkischen Kapitäns, der schließlich von aller Welt verlassen krepiert wie ein bösartiger Wolf. Nein, so will sie nicht enden. Sie blickt sich um. Auf der Sitzreihe hinter ihr hat jemand eine Schwalbe aus Staniolpapier liegen lassen. Zieht man sie an ihrem hochgereckten Schwanz, so schlägt sie sogar mit den Flügeln, aus Leibeskräften, mit armseliger Tolpatschigkeit. Sie gleicht ihr.

Der Tonmeister, der Dirigent, der Komponist, das Orchester, alle sind empört abgezogen. Als bereiteten sie einen Streik vor. Als wäre sie eine Fabrikbesitzerin.

Sie hatte all ihren Mut zusammengerafft und mit zur Decke gerichteten Augen gesagt: „Könnten wir morgen um neun Uhr anfangen?" Sie hatte nicht gewagt, in ihre feindseligen Gesichter zu blicken — mein Gott, wie feindselig! Sie hatte übrigens ursprünglich acht Uhr sagen wollen, aber irgendwie verwandelte sich die acht in eine neun.

Könnten wir?

Eine richtige Regisseurin hätte sagen müssen: „Genossen, morgen früh um neun. Bitte seien Sie pünktlich."

Selbst jetzt hatte ihr noch jemand widersprochen: „Halb zehn!"

Gut, dann eben halb zehn. Sie wagte nicht, sich zu widersetzen.

„Diese widerliche Alte, ob die noch mal ein Ende findet?" Das galt ihr. Sie tat, als hätte sie nichts gehört. Nein, meine Lieben, kein Ende, solange der verzweifelte Kampf ihres Helden nicht seinen musikalischen Ausdruck gefunden hat.

Sie hatte dem Komponisten und dem Dirigenten gleich zu Beginn erklärt, worauf sie hinauswollte. Aber sie war unfähig, deutlich zu machen, welche Musik sie an dieser oder jener Stelle wünschte. Sie wurde rot, sie stotterte: „Müßte es hier nicht ein bißchen mehr so sein?"

„Was heißt das, ‚ein bißchen mehr so'?"

Der Dirigent blickte schräg vom Pult zu ihr herüber, musterte sie von Kopf bis Fuß, klopfte mißmutig mit dem Stab auf die Noten. Er ließ deutlich erkennen, daß er sie und ihre konfus geäußerten Wünsche nicht ernst nahm. Als sei sie nicht die Regisseurin, sondern eine kleine Baßflötenbläserin in seinem Orchester.

Wäre sie doch nur ein berühmter Regisseur, hätte sie nur ebenso weiße Haare wie er, wäre sie nur Li Delun oder Han Zhongjie![7]

Was ist los mit ihr? Mit welchem Recht regt sie sich über andere auf? Es liegt einzig und allein an ihr selbst. Warum ist sie nicht in der Lage, ihre Wünsche verständlich zu formulieren?

Bai Fushan hatte sich über sie lustig gemacht: „Nicht einmal Chen Jingrun[8] hat sich mit dem Beweis der Goldbach-These derart abgemüht!" Kaum zu fassen, daß er von der Existenz einer ‚Goldbach-These' wußte. Na ja, immerhin ist er einmal Aspirant am Nationalkonservatorium gewesen.

„Was plagst du dich? Schau dir die Filme heutzutage an! Was hermachen muß es, Effekte, damit bringt man's zu was! Außerdem, was ist schon ein Regisseur? Was die Leute interessiert, sind die Schauspieler. Frag doch irgendeinen auf der Straße! Was willst du denn? Merkst du nicht, daß du dem Team auf die Nerven gehst?"

Selten genug, daß er sich mit ihren Problemen beschäftigt. Er erinnert sich wohl gelegentlich daran, daß sie noch immer verheiratet sind. Aber seine Art, alles unter dem Blickwinkel von Geschäftemacherei zu betrachten, ist ihr zuwider.

Natürlich hat sie bemerkt, daß sie den Leuten auf die Nerven geht. Man läßt es sie deutlich genug spüren. Sie ist schließlich nicht schwachsinnig!

Keiner hat ihr beim Verlassen des Studios einen Blick gegönnt, keiner hatte noch Lust, sich ihr Gequassel anzuhören, trotz ihrer verzweifelten Versuche, mit ständigem Lächeln um Aufmerksamkeit zu flehen.

Das Gebrabbel einer zahnlosen Greisin, die nicht mehr begreift, was um sie herum vorgeht und nur noch in Erinnerungen lebt, die für keinen außer für sie selbst Bedeutung besitzen.

Erbärmlich!

Liang Qian steht auf und betrachtet ihr Spiegelbild in der schalldichten Trennscheibe. Bleich, vertrocknet, zerwühltes Haar, erschöpft, ein aggressiver Blick, eine streitsüchtige Miene, die verkündet, daß sie nicht aufzugeben gedenkt, bevor sie ihr Ziel erreicht hat. Sie knotet das herabgerutschte Taschentuch auf, das ihre Haare im Nacken zusammengehalten hat, ordnet die Haarsträhnen über der Stirn und bindet die Haare wieder zusammen. Sie bemüht sich, die Gesichtsmuskeln zu entspannen, die Mundwinkel zu lockern. Nein, reizvoller wird sie dadurch nicht, noch immer wirkt sie verkrampft wie ein verschrecktes Huhn.

Erst vierzig und schon eine alte Frau.

Ist sie jemals jung gewesen? Bevor sie noch dazu kam, hübsch zu sein, auszukosten, was jung sein heißt, war schon alles vorbei.

Sie beneidet die kleine Violinistin, die beim Hinausgehen über sie geschimpft hat. Gerade einundzwanzig, glänzendes, leicht gewelltes Haar, strahlende Augen (natürlich weint sie selten), rote Lippen, eine glatte Stirn (natürlich denkt sie auch selten). Störend wirkten nur die Unmengen von falschem Schmuck, mit dem sie von oben bis unten behängt war.

Jede Frau wünscht sich Schönheit und ewige Jugend. Doch woher soll Liang Qian die Zeit nehmen, sich jeden Morgen zwei Stunden mit ihrem Gesicht zu beschäftigen wie die Ausländerinnen? Hautcreme, Lidschatten, kleine Zangen, um die Wimpern zu biegen, Massagen ... Liang Qian muß der Natur freien Lauf lassen, daher gleicht ihre Stirn einem von Wind und Sonne gebeizten Stück Holz. Auch sie hatte mal zwei Dosen ‚Maxam's Hautcreme mit weißen Morcheln und gemahlenen Perlen' gekauft. In der Gebrauchsanweisung stand: „Aus echten Morcheln, Perlen sowie Fettalkohol hergestellt. Regelmäßiges Auftragen schenkt Ihnen eine reine und geschmeidige Haut und ewige Jugend." Aber Liang Qians Stirn bleibt wie ein von Sonne und Wind gebeiztes Stück Holz. Vielleicht ist sie zu ungeduldig. „Regelmäßiges

Auftragen." Wie lange? Bis an ihr seliges Ende? Sie wird auch dann nicht mit reiner und geschmeidiger Haut ins Grab sinken. Alles Reklame. Wenn die Jugend vorbei ist, ist sie vorbei, unwiederbringlich. Was hätte es im übrigen für einen Sinn, die Schönheit zu bewahren? Höchstens für einen geliebten Menschen. Sie hat keinen. Andernfalls wäre sie durchaus bereit, es eine Zeitlang mit weißen Morcheln und gemahlenen Perlen zu versuchen.

Ein vermutlich unaufhebbarer Konflikt: Sich für die Arbeit zu entscheiden, bedeutet, auf die Freuden des Frauseins verzichten zu müssen. Wunderfrauen wie Frau Thatcher, die noch Zeit findet, ihren Enkelkindern Kuchen zu backen und sich modisch zu kleiden, sind Ausnahmen.

Sie tut gerade so, als hätte sie schon was Großartiges zustandegebracht! Warum fällt es ihr so schwer, ihre Empfindungen präzise auszudrücken? Oder ist alles ein Mißverständnis? Hat sie ihre Neigung zur Regie mit dem Talent der Regisseurin verwechselt? Vielleicht wird keiner ihrer Filme irgendwelche Spuren in der Erinnerung des Publikums hinterlassen. Kein Echo. Eine Tragödie von der Art einer unerwiderten Liebe.

Vorhin hatte der Dirigent die Arbeit hingeworfen, verächtlich, als wollte er sagen: „Mach es gefälligst selbst, wenn du es besser weißt!"

Wenn sie die magischen Kräfte Sun Wukongs[9] hätte, sich zu verdoppeln, indem sie sich ein Haar ausriß und darauf blies, würde sie sich eine ganze Handvoll ausreißen, um ihre eigene Komponistin, Dirigentin, Beleuchterin und Schauspielerin zu werden. Dann würde sie Filme nach ihren Vorstellungen machen und sich von keinem dreinreden lassen.

Film ist Regiekunst — davon ist sie überzeugt. Genau wie der Dirigent zur Seele des Orchesters wird, wenn er den Stab hebt. Er hat die Freiheit, ein Werk nach Belieben zu interpretieren, wie Karajan und Ozawa. Oder er kann wie die Band „Apoll" Beethovens Musik verhackstücken. Gut, daß Beethoven tot ist. Vielleicht schlägt er im Grab Purzelbäume, wer weiß? „Apoll" bleibt bei seiner Interpretation.

Von dem Tag an, als sie mit den Vorarbeiten zum Film begonnen hatte, war sie von Pontius zu Pilatus gelaufen, hatte gebuckelt und gebettelt, hatte eingesteckt und dazu gelächelt. Weiß Gott keine Arbeit für eine Frau. Erst der Kampf um die Genehmigung des Drehbuchs, dann die Zusammenstellung des Teams. Wie eine Bettlerin hatte man sie behandelt. Zum Schluß mußte sie sich noch anhören, daß sie es nur aufgrund ihres Vaters geschafft habe. Konnte ihr Vater die Außenaufnahmen für sie übernehmen? Den Kampf gegen die Moskitos, Wanzen und Flöhe? Die zehn Monate in Sturm und glühender Sonne, die Müdigkeit, die sie fast umwarf? Konnte er für sie ausdrücken, was sie bewegte? Für sie diese Blicke ertragen? Die Blicke eines Konsiliums hochberühmter Professoren am Sterbebett eines einflußreichen Greises, die mit spöttischer Neugier auf das angebliche Wunderrezept einer Bauerndoktorin warten, auf deren Herbeiziehung der Alte eigensinnig bestanden hatte.

Ganz egal, alles ganz egal, wenn sie nur in der Lage wäre, ungehindert und genau ihrer künstlerischen Wahrheit Ausdruck zu geben.

Warum an dieser Stelle keine Musik, nur ein paar wuchtige Trommelschläge? Damit müßte sich doch der Eindruck nahender Gefahr erzielen lassen. Aber keine Spur davon. Wie dann? Stumpfheit umspinnt sie wie ein Kokon. Sie spürt Atemnot, kämpft fruchtlos dagegen an. Sie wünscht sich scharfe Zähne, um den Kokon durchzubeißen.

Dieser Druck, der auf ihr lastet. Sie ist das verlassene Bäumchen auf der Leinwand, eingequetscht zwischen Himmel und Erde. Krumm und voller Narben.

Unerträglich! Zuviel! Sie rennt in das dunkle Tonstudio, schlägt die schwere, schalldichte Tür hinter sich zu und bricht in einen hysterischen Schrei aus ... Die Stimme versickert in der Finsternis, als wolle sie sich darin verstecken. Einen Moment lang fühlt sie sich von sich selbst befreit.

Stillstand. Sekundenlanger Stillstand. Endlich!

Kein Aufschrei, nur die gottverlassene Einöde, die schwarzen Wolken tief am Horizont, die böse und drohend auf das Bäumchen herabdrücken.

So ist es gut. Die Welt wird wieder spürbar, das mörderische Gespenst der Verzweiflung ist von ihr gewichen.

Wie ein Schwamm saugt sie gierig das wiedergewonnene Selbstvertrauen in sich auf.

Sie läßt sich schwer auf das Sofa fallen. Tränen rinnen ihr aus den Augenwinkeln. Sie weint darüber, daß sie eine alte Frau ist, über ihre dahingegangene, nie genossene Jugend, über die Qualen, die es sie kostet, ihrer Gefühle auch nur ein wenig habhaft zu werden.

Jemand tippt an ihre Fußspitze. Was soll der Unfug? Gerade jetzt. Verstört öffnet sie die Augen und sieht in das ewig wohlwollende Lächeln Bai Fushans. Er sitzt am Fußende.

Ruckartig steht sie auf, zieht ihre Kleidung zurecht und setzt sich auf ein anderes Sofa. Nichts wäre ihr unangenehmer, als von irgendeinem Klatschmaul mit ihm auf demselben Sofa überrascht zu werden. Schon lange ist Bai Fushan für sie ein Fremder, in seiner Gegenwart ist sie peinlichst auf Haltung bedacht.

Sicher will er was von ihr. Vermutlich hat er wieder mal ein „welterschütterndes" Projekt angeleiert. Sonst sehen sie sich höchstens ein- bis zweimal im Jahr. Sie könnte sich ein Bein abfahren oder in Ali Babas Räuberhöhle verschleppen lassen, er würde sich nicht rühren.

Diesmal hat er sich ein halbes Jahr nicht blicken lassen. Schweigend mustert sie ihn. Noch immer eine elegante Erscheinung. Männer altern langsam. Nur die Wülste unter seinen Augen lassen vermuten, daß er die Vierzig überschritten hat. Und selbst sie sind nicht Spuren des Alters, sondern unmäßigen Trinkens und Rauchens.

Ob er wohl noch immer ein guter Geiger ist?

Was macht sie sich darüber Gedanken! Sie ist eben doch eine Frau! Es kann ihr gleichgültig sein, ob er noch ein guter Geiger ist.

Vielleicht ist es Aberglaube, aber Liang Qian glaubt an eine seelische Kraft, die jede Art von künstlerischer Tätigkeit trägt. Das Verschwinden dieser Kraft ist wie der Verlust von ‚Wind und Wasser'[10] bei einem Ahnengrab. Dann zerbrich deinen Bogen, deinen Pinsel, zerreiß dein Papier, und beende deine trübselig gewordene Existenz im Reich der Künste.

Wer von ihnen beiden hat eigentlich den anderen auf dem Gewissen? Hätte Bai Fushan sie nicht geheiratet, wäre er der Sohn eines Geigenbauers geblieben und hätte irgendein kleines Ladenmädchen zur Frau genommen, hätte sich seine künstlerische Potenz vielleicht weniger schnell verflüchtigt.

Liang Qian hat ihn einmal geliebt und wollte von ihm geliebt werden. Um ihm zu gefallen, bemühte sie sich zu Beginn ihrer Ehe sogar um ihr Äußeres. Noch heute liegen ein paar hübsche Sommerkleider ganz unten in der Truhe. Kaum getragen, wirklich ein Jammer! Aber Liang Qian kann sich nicht dazu entschließen, sie zu verschenken. Sie will nicht, daß das Unglück, das in ihnen steckt, über andere kommt. Die Kleider waren noch nicht aufgetragen, als sie sich durchschaut hatten.

Kannst du dich in der Umarmung eines Mannes gehen lassen?
Nein.

                     Kannst du mir Debussy erklären?
                     Nein.

Kennst du die Eitelkeit der Männer?
Nein.

                     Steigst du mit auf den Huangshan, um die Wolken am Shixin zu bewundern?[11]
                     Nein.

Dieses Spielchen hätte vor einer Hochzeit beendet werden müssen. Aber die Liebe kam zu plötzlich, so plötzlich wie sie auch verschwand. Ein Sommergewitter. Sie war zu jung, ein Mädchen von neunzehn. Eine kleine Wolke, die nur wenig Regen mit sich führen konnte.

Scheidung!

„Scheidung? Wozu? Das ist doch nichts für unsereiner. Ich bin ein großzügiger Mensch. Schließen wir ein Gentlemen's Agreement, jeder geht seiner Wege, keiner mischt sich in die Angelegenheiten des anderen ein. Nach außen bleibt alles beim Alten, so ist doch allen gedient!"

Er zeigte beim Sprechen keinerlei Erregung, als feilsche er mit einem Fischhändler auf dem freien Markt.

Er hatte ja recht. Sie mußte an ihre Familie denken. Die Verheerungen, die eine herausgehobene gesellschaftliche Position in den Seelen ihrer Inhaber anrichtet, sind für Außenstehende nicht leicht zu ermessen. Umgeben von ehrgeizigen Speichelleckern werden sie durch Schmeichelei und unterwürfige Blicke verdorben — unbemerkt, lautlos, wie durch eine Droge.

Ist es denn nur seine Schuld, daß er zu dem geworden ist, der er heute ist? Sie ist nicht verpflichtet ihn zu lieben, aber gerecht muß sie sein. Nein, er verdient auch ihr Mitgefühl.

Keiner außer ihr selbst ist in der Lage zu begreifen, welch eine drückende Last die Position ihrer Familie bedeutet. Stand ihre Ehe nicht schon ohne einen Scheidungsskandal im Blickpunkt der Öffentlichkeit? Sahen denn Vaters alte Kriegskameraden nicht mit Argusaugen auf sie; die alten Herren hätten zu verhindern gewußt, daß Liang Qian durch eine Scheidung Stadtgespräch wurde. Schließlich stand nicht nur der Ruf der Familie Liang auf dem Spiel, auch ihr eigener würde in Mitleidenschaft gezogen. Sie hätten Liang Qian moralisch unter Druck gesetzt, es ginge um den guten Namen ihres Vaters, mehr noch, um die Würde dieser oder jener heiligen Sache. Sie wußte, daß Bai Fushan das vollkommen begriff. Er hatte seine eigene Lebensphilosophie.

Na schön, machen wir's wie die anderen. Letztlich ist es egal. Es wartet sowieso kein Geliebter auf sie.

„Ich habe überall nach dir gesucht. Wie geht's?" Er zieht ein Paket Zigaretten aus der Tasche, reicht ihr eine und gibt eifrig Feuer. Dann zündet er sich selbst eine an.

„Danke, es geht so." Liang Qian wirft einen Blick auf die Zigarettenschachtel: ‚Drei Fünf'. Er versteht zu leben.

„Wie laufen die Dreharbeiten?"

„Schlecht." Ein Wunder, daß er danach fragt.

„Macht jemand Schwierigkeiten?"

„Nein, nur ich selbst." Sie hat keine Lust, sich mit ihm darüber zu unterhalten. Sie weiß, daß sein Gerede nicht mehr Bedeutung hat als ein Austausch von Höflichkeiten. Sie konzentriert sich darauf, mit den Sandalen zu wippen, die lose an ihren Füßen hängen.

Bai Fushan bemerkt ein Loch in ihren Socken. Wie kann sie sich derart gehen lassen! Geld hat sie schließlich genug. Sein Blick wandert den Socken entlang nach oben: Waden, dünn wie Leinstengel, schmale Hüften, flache Brust, und schließlich ein lehmgelbes, glanzloses Gesicht. Nicht der Hauch weiblicher Anziehungskraft, nichts was sein Interesse als Mann wecken könnte. Unbegreiflich, dieses schäbige Dasein, das sie führt.

Er begreift nicht, warum sich Liang Qian von ihm fernhält. Eifersüchtig ist sie nie gewesen. Auch wenn sie sich als Mann und Frau gleichgültig geworden sind, Geschäftspartner zumindest könnten sie bleiben. Sich ergänzen, einander helfen. Sie bräuchte nur für ihn ein gutes Wort beim Alten einzulegen, und sie müßte sich nicht weiter abstrampeln. Er würde dann alles für sie arrangieren, ihr jeden Wunsch erfüllen. Sie könnte die Rolle der Dame des Hauses übernehmen, sich pflegen und ein bißchen runder werden. In Hongkong gibt es eine Riesenauswahl von Kosmetika. Sie würde nicht so unansehnlich aussehen wie jetzt. Was bringt es, sich derart abzurackern. Es hat vor uns Bessere gegeben, es wird nach uns Bessere geben, was wird sie schon Großes zustandebringen? Er kann an ihr keine besonderen Talente entdecken. Nur Fleiß und Sturheit, das ja. Egal, was dabei herauskommt, die Jüngeren werden sie rasch überflügeln. Ihm ist es nicht anders ergangen. Unsterblich zu werden verlangt Genie und Verzicht auf alle materiellen Reize. Zu hart für ihn. Lohnt sich der Aufwand? Wir leben in einer Welt der Konkurrenz, wir konkurrieren um Erziehung, um das Essen, um die Arbeit.

Er hat seit langem ein Konto in Hongkong. Sobald sich die Gelegenheit bietet, wird er ins Ausland gehen, ein Restaurant eröffnen oder einen Seidenhandel aufmachen. Hier ist kein Platz für ihn. Eine Scheidung kommt für ihn allerdings nicht in Frage. Auch wenn der Alte eines Tages das Zeitliche segnet, wird er weiter von dessen gesellschaftlicher Position profitieren, wie ein englischer Aristokrat von seinem ererbten Titel. Wenn Liang Qian einverstanden wäre, würde er sie mitnehmen. Sie könnte eine Art Memoiren schreiben und einen Haufen Geld verdienen. Sie würde ihre zweite Lebenshälfte in aller Gemütlichkeit verbringen.

Bai Fushan wird sentimental. Er läßt sich neben Liang Qian nieder, wie unabsichtlich berührt seine Schulter die ihre. Zu dicht darf er sich nicht an sie schmiegen, das weiß er, sie würde sonst sofort abrücken.

„Nimm's doch nicht so genau!"

Ach, seine Stimme ist noch immer betörend. Sie spürt die Härte seiner Schultermuskulatur, die Wärme, die von ihr ausgeht. Die Erinnerung an ihre Hochzeitsnacht steigt in ihr auf, als er, toll vor Glück, sie auf seinen Armen durchs Schlafzimmer wirbelte. Sie hatten kein Licht gemacht, der helle Mondschein, der durch das große Fenster fiel, umhüllte sie. Bei jeder Drehung flog das Fenster auf sie zu, und sie sah die Wolke am Rande des Mondes entlangschweben, durchsichtig und schimmernd wie eine Flaumfeder, von unbestimmbarer Färbung. War sie golden, silbern oder blaßviolett? Ihr Inneres war so erfüllt von dieser Wolke, daß es überfließen wollte.

„Spiel mir was vor", flüsterte sie, als fürchte sie, die Leidenschaft ihrer Worte könne von Fremden belauscht werden.

Vermutlich war es die beste Darbietung seines Lebens. Leider ahnte sie das damals nicht. Sie hielt es für einen Anfang. Sie hätte ihn damals aufnehmen sollen, um ihm das Band jetzt vorzuspielen. Wie würde er darauf reagieren?

Sie wendet ihm leicht das Gesicht zu. Seine rotgeäderten Augen mustern sie forschend und wachsam. Kein Funken ist mehr darin zu entdecken. Vermutlich hat er die vergangene Nacht wieder durchgesoffen.

Plötzlich überfällt sie eine unendliche Langeweile. Sie möchte allein sein, auf das Sofa fallen und sich ausschlafen. Vielleicht gelingt es ihr auf diesem Weg, wieder Zugang zu den subtileren Empfindungen zu finden.

„Was willst du von mir?"

Bai Fushan versteht, daß er möglichst rasch verschwinden soll.

„Würdest du mich zum alten Herrn begleiten?"

Liang Qians Augenlieder begannen zu flattern. Im allgemeinen verschont sie Bai Fushan mit derartigen Wünschen. Er verfügt selbst über hinreichende Kanäle. Schon seine Stellung als Schwiegersohn öffnet ihm alle Türen. Das ist heutzutage üblich, wer geht eigentlich überhaupt noch den normalen Dienstweg? Im geeigneten Moment einen passenden Namen fallen zu lassen ist weit wirkungsvoller als das Empfehlungsschreiben der Arbeitseinheit. Stoßen durch einen dummen Zufall zwei Namen aufeinander, entscheidet der mit dem größeren Gewicht. Wenn er ihren Vater sehen möchte, dann muß es um etwas gehen, womit Bai Fushan selbst nicht fertig wird.

„Worum geht es?"

„Ich will raus!"

Raus will er! Gegenwärtig grassiert der ‚Auswanderungswahn'. Liang Qian muß innerlich lachen. Die Leute halten das Ausland offenbar für eine Goldgrube, wo man sich nur hinzuhocken braucht, um die Goldstücke vom Boden aufzusammeln.

Wovon will er übrigens draußen leben? Von seinem Geigenspiel? Damit ist es längst vorbei. Er könnte höchstens als gehobener Bettler auf der Straße fiedeln.

Wie kommt er nur darauf? Ist was passiert? Kann er sich hier nicht mehr blicken lassen? „Du willst abhauen? Weibergeschichten? Schmuggel? Spionage?"

„Was redest du da?" Bai Fushan spürt, daß sich die Atmosphäre verschlechtert, Liang Qians Gleichgültigkeit ist in Sarkasmus umgeschlagen. Seine Stimme zerfließt schier, er legt seinen rechten Arm auf die Rückenlehne hinter ihrer Schulter. Liang Qian fühlt sich sofort von der Wärme seiner Brust eingehüllt. Sie rückt nach rechts und sagt trocken: „Ich kann dich nicht zu ihm bringen, es geht ihm nicht gut. Ich bin selbst lange nicht bei ihm gewesen."

„Dann gehe ich allein." Die Zigarette in Bai Fushans Hand beginnt zu zittern.

Wieder einmal, wie schon oft in den vergangenen Jahren, bringt sie ihn aus der Fassung. Ist sie überhaupt noch eine Frau? Mit nichts ist ihr beizukommen, eine Hexe, an der alles abprallt!

„Ich werde bei ihnen anrufen, damit man dich nicht hineinläßt."

Dazu ist sie fähig. Diese Furie!

Liang Qian bemerkt, wie sich Bai Fushans Backenmuskeln zusammenklumpen. Sie möchte ihn darauf aufmerksam machen, daß das häßlich aussieht. Aber seine nächste Äußerung versetzt sie in Wut.

„Du willst also wirklich nicht?"

Sein Tonfall ist eine Mischung aus Drohung und Unverschämtheit. Als wolle er sagen: „Spiel nicht die Heilige!"

Auch Liang Qian hat gelegentlich die Position ihres Vaters ausgenützt, um etwas zu erreichen. Aber dabei handelte es sich um Notfälle, die anders nicht zu lösen waren. Keine ihrer Forderungen war übertrieben, und im allgemeinen ging es darum, anderen zu helfen. Hätte sie zusehen sollen, wie Jianghua und Liu Quan nach ihrer Scheidung auf der Straße saßen? War es in Ordnung, daß überfällige Rehabilitierungen willkürlich hinausgezögert wurden? Und hatte sie keinen Anspruch auf die Drehgenehmigung für ihren Film? Hatte sie nach glänzend absolviertem Regiestudium an der Filmakademie und zehnjähriger Arbeit als Regieassistentin nicht ein Anrecht auf einen eigenen Film? Wie lange sollte sie noch warten? War das ein unbilliges Verlangen? Sie hätte mit Krallen und Zähnen darum gekämpft, auch wenn sie nicht die Tochter des Genossen Sowieso wäre. Sich in einer Angelegenheit, wie der Bai Fushans, ihres Vaters zu bedienen, wäre ihr nicht im Traum eingefallen.

Eine Unverschämtheit! Sie erzählt ihm, daß Vater krank ist, und er erkundigt sich mit keinem Wort danach. Sein eigener Schwiegervater! Selbst ein Fremder hätte zumindest ein paar höfliche Worte verloren. Nicht einmal die einfachsten Regeln des Anstands haben für ihn Bedeutung, nichts hat für ihn Bedeutung, außer er selbst.

„Willst du den alten Herrn ins Grab bringen? Ich möchte wirklich wissen, was er in seinem letzten Leben verbrochen hat, daß sich jetzt Hinz und Kunz an ihm sattfressen. Jeder versucht, etwas aus ihm rauszuholen! Und jetzt soll er dir die Möglichkeit verschaffen, abzuhauen? Hast du den Ranzen noch immer nicht voll? Überall gehst du mit Vaters Namen hausieren, jeder Mist, den du baust, geht auf Vaters Konto, die Leute, die nicht Bescheid wissen, regen sich schon über ihn auf. Das ganze Jahr läßt du dich nicht bei ihm blicken, er hat keine Ahnung davon, was du treibst! Hat er je eine Zigarette, einen Bissen Brot von dir zu sehen bekommen? ... Los, verschwinde!"

Sie springt auf und reißt auffordernd die Tür des Arbeitsraumes auf.

Bai Fushan sieht sie an. Dieses hysterische Weibstück. Schweigend wirft er seinen Zigarettenstummel auf den Boden und verläßt mit raschen Schritten den Raum, den Körper leicht zur Seite gewandt, wie nach einem seiner Soloauftritte.

Dieser Lump, selbst jetzt vergißt er nicht, auf seine Haltung zu achten. Nur über den brennenden Zigarettenstummel auf dem Parkettfußboden macht er sich keine Gedanken. Liang Qian tritt ihn aus.

Aus dem dunklen Korridor dringt Bai Fushans Stimme, absichtsvoll ihren Zorn steigernd: „Vergiß nicht, du bist immer noch meine Frau, dein Vater ist immer noch mein Schwiegervater und Chengcheng noch immer mein Sohn!"

Ein schwaches Echo tönt im Korridor nach, wie das Echo eines Gespenstes aus Gräbern oder verfallenen Burgverliesen in einem Gruselfilm.

Liang Qian hat gute Lust, einen Anschlag zu verfassen, um zu verkünden, daß ihr Vater ihr Vater, sie selbst sie selbst und Bai Fushan Bai Fushan sei. Jeder habe die Verantwortung für sich selbst zu tragen, mag er nun im Paradies oder in der Hölle enden. Warum die Leute partout darauf bestehen, sie in einen Topf zu werfen?

Liang Qian empfindet Mitleid mit ihrem Vater. Daß hohe Funktionäre in Saus und Braus leben, ist eine weitverbreitete Meinung. Wer dagegen hat eine Vorstellung von Vaters Leiden?

Sicher ist er einsam. Sehr einsam. Er hat keine Jinghua, keine Liu Quan, vor denen er sich in Zornesausbrüchen Luft verschaffen kann. Die Freiheit, seinen Gefühlen Ausdruck zu verleihen, gehört zu den Genüssen, die sich nicht jedermann leisten kann.

Vor ihrer Heirat, als Liang noch bei ihm wohnte, sah sie ihn oft in einem Korbstuhl auf der Veranda sitzen und mit sich selbst Schach spielen. Er spielte, bis die Schachsteine in der Dämmerung unkenntlich wurden. Dann blieb er sitzen, regungslos, in Gedanken versunken. Oder er beobachtete Stunde um Stunde die Vögel, die auf der alten Akazie im Hof ihr Nest bauten. Ohne jeden Zusammenhang konnte er plötzlich zu ihr sagen: „Der Mensch muß Anstand haben ..."

Jetzt sind die Geschwister alle aus dem Haus, davongeflogen wie ausgewachsene Vögel, der alte Mann ist allein zurückgeblieben. Ob er wohl in seinen Mußestunden noch immer Schach spielt oder den Vögeln zusieht, wie sie ihr Nest bauen? Bei einem ihrer Besuche blickte sie, unter dem Vordach des Hauses stehend, zufällig hoch und fand das Vogelnest nicht mehr. „Ach, ist das Vogelnest nicht mehr da?" fragte sie wie nebenhin.

Vater starrte in die leeren Zweige. Liang Qian stand hinter ihm, durch die spärlichen weißen Haare schimmerte seine bräunliche Kopfhaut. Er wirkte auf sie plötzlich wie ein hilfloses Baby.

Sie hörte ihn mit seiner gealterten heiseren Stimme sagen: „Schon seit zwei Jahren nicht mehr. Ein Gewitter hat es zerstört." Liang Qian hatte das aufrichtige Gefühl eines Verlustes. Vater ging es vermutlich ebenso.

Chengcheng ist noch immer sein Sohn! Das ist ihm ein bißchen zu spät eingefallen. Leute ihres Schlages, ohne einen Funken elterlichen Verantwortungsgefühls, sollten keine Kinder zeugen. Es spielt keine Rolle, wessen Sohn er ist, als Eltern taugen sie beide nichts, jeder kann nur sein eigenes Leben leben und keiner kann sich sein Schicksal selbst wählen. Chengcheng ist nun mal auf Eltern wie sie gestoßen, genau wie sie auf ihren Funktionärsvater gestoßen ist. Als Tochter eines kleinen Angestellten oder eines Pfannkuchenverkäufers hätte sie weniger Probleme. Jede ihrer Anstrengungen kann durch eine einzige Bemerkung zunichte werden: „Sie, die Tochter von X!" Damit wird der Erfolg ihrer Mühen zu einem billigen Geschenk, das ihr durch die Macht des Vaters in den Schoß fällt. Wird sie jemals die Chance erhalten, sie selbst zu werden? Wie lange muß sie noch darum kämpfen, als eigene Person akzeptiert zu werden?

Wütend trommelt sie mit den Fäusten gegen die Sofalehne. Keinerlei Schmerzgefühl. Ebenso nutzlos wie ihr Gefühlsausbruch vorhin.

Nützlich wäre jetzt ein Telefonanruf bei Xie Kunsheng, um sich nach dem Stand von Liu Quans Versetzung zu erkundigen.

Der rote Apparat erinnert an Feuerwehrautos, Löschgeräte und derlei Dinge. Eine unangenehme Farbe, als gäbe es nicht schon übergenug starke Reize im Leben. Eigentlich sollte sie Aufmerksamkeit erregen, aber der Effekt ist das Gegenteil. Ständige Warnung macht taub. Es sollte noch andere Farben geben.

Wie üblich ist die Leitung belegt. Entweder bei ihr oder auf der anderen Seite. Seit Beginn der Dreharbeiten quält sie sich mit dem Telefon herum. Man kann in einer Stadt wie Peking schließlich nicht überall persönlich hinrennen, da ist man aufs Telefon angewiesen. Zu wenige Leitungen, zu wenige Apparate! Wieviel Zeit hat sie schon am Telefon verplempert!

Endlich kommt sie durch. Liang Qian schaut auf die Uhr. Genau zwölf Minuten.

„Hallo —", eine Schmeichelstimme. Sicher diese Frau namens Qian.

Die Stimme weckt in Liang Qian Verachtung und Neid. Sie hat den Effekt eines warmen Bades, das weich und entspannend die erschöpften Glieder umspült. In dieser Atmosphäre lösen sich alle Probleme wie von selbst. Warum beherrschen sie das nicht, sie nicht und Jinghua und Liu Quan auch nicht. Ihre Stimmen besitzen keinen Schmelz, keinen Schimmer weiblicher Süße, sie sind rauh wie die Greisenstimmen in der Pekingoper. Ihnen selbst fällt das gar nicht mehr auf, sie finden das ganz in Ordnung. Aber was empfinden Männer beim Klang ihrer Stimmen? Vermutlich die gleiche Abneigung, die Frauen gegen Männer mit femininen Stimmen empfinden.

„Ist Abteilungsleiter Xie zu sprechen?"

„Nein." Die Schmeichelstimme verwandelt sich blitzartig in blankes Eis.

„Verzeihung, können Sie mir sagen, wohin er gegangen ist?"

„Klack!" Der Hörer wird einfach aufgelegt. Wut schießt in Liang Qian hoch. Besitzt diese Frau noch einen Funken Arbeitsmoral? Liang Qian hat sie einmal im Büro Xie Kunshengs gesehen: sorgfältig gezupfte Augenbrauen, eine enggeschnürte, zu früh in die Breite gegangene Taille, ein zartrot geschminkter großer Mund ...

Aufgebracht hebt Liang Qian wieder den Hörer. „Tut-tut-tut", wieder besetzt. Aber sie gibt nicht auf.

„Hallo ——", wieder Schmeichelstimme.

„Hier spricht Liang Qian!" Ihr Ton ist nahezu boshaft, während sie sich eilig vorstellt.

„Oh, Genossin Liang Qian!" Durch die Stimme auf der anderen Seite der Leitung geht fast hörbar ein Ruck. „Lange nicht gesehen, wie geht es Ihnen? Warum schauen Sie nicht mal vorbei? Wie laufen die Dreharbeiten an, sicher alles nach Wunsch? Wir sind schon so gespannt auf den Film!"

Ein ausgekochtes Luder. Aus Liang Qians hartem Ton hat sie blitzartig geschlossen, daß es Liang Qian gewesen war, die sie gerade so grob abgefertigt hatte. Ihre Fragen folgen daher wie Kanonenschüsse, um Liang Qian keine Zeit zum Nachdenken zu lassen.

Unwillkürlich hält Liang Qian den Hörer weit von sich und betrachtet ihn. Ist es noch derselbe wie vorhin? Es funktioniert eben doch nur auf diese Tour.

Sie fühlt sich plötzlich entmutigt. Sie verachtet dieses Spiel, aber auch sie kommt nicht umhin, es zu spielen, wenn sie etwas erreichen will. Mit welchem Recht glaubt sie sich andern moralisch überlegen?

Etwas milder sagt sie: „Verbinden Sie mich bitte mit Abteilungsleiter Xie!"

„Selbstverständlich, bitte warten Sie, nicht aufhängen!" Als bitte sie Liang Qian um einen Gefallen.

Durch den Hörer hört Liang Qian im Hintergrund undeutlich Xie Kunshengs Stimme: „... abgemacht, keine Sorge, ich werde mich der Sache annehmen, Sie können sich auf mich verlassen." Wem gilt wohl soviel außergewöhnliche Großmut?

„Hallo —", eine gedehnte Stimme mit trägem Unterton. Als habe er keine Ahnung, wer die Anruferin sei. Liang Qian hält es für ausgeschlossen, daß ihm diese Qian nicht Bescheid gesagt hat.

„Hier Liang Qian!"

„Ah! Ah!" Sofort kommt Leben in die Stimme. „Wie steht's, bringen Sie mir Kinokarten?" Er scherzt mit einer Vertrautheit, als wäre Liang Qian sein jüngerer Bruder.

„Kinokarten? Kein Problem! Ich wollte mal nachfragen, ob es mit Liu Quans Versetzung geklappt hat. Letztes Mal haben Sie versprochen, mir Nachricht zu geben, das ist jetzt einen Monat her. Da hab ich mir überlegt, am besten rufe ich selbst mal an. Vielleicht haben Sie die Sache ja längst vergessen."

„Woher denn! Wie könnte ich je Ihre Angelegenheiten vergessen!" Das dürfte sogar stimmen. Er verdankt seinen Posten Bai Fushan, bzw. dessen Stellung als Schwiegersohn. Chef des Büros für Auswärtige Angelegenheiten, ein beneidenswerter Posten heutzutage. Vermutlich handelt es sich um eine Gegenleistung Bai Fushans für erwiesene Gefälligkeiten. „Ist Bai nicht gerade von seiner Hongkong-Tournee zurückgekommen? Ich habe ihn noch nicht gesehen. Was hat er für Schätze mitgebracht? Könnte er mir wohl einen Mini-Kassettenrecorder besorgen?"

„Dreckskerl!" Liang Qian flucht innerlich. Kriegt der Kerl nie genug? Soll er sich überfressen, bis er platzt! Wird man heute schon in aller Öffentlichkeit erpreßt? Wie wird er wohl mit anderen umspringen, wenn er ihr schon so kommt?

Liang Qian mit einem frostigen Lachen: „Das dürfte auch kein Problem sein. Heute sollten wir erstmal meine Angelegenheit zu Ende bringen. Sagen Sie mir, wann die Versetzung stattfinden kann, und versuchen Sie nicht, mich reinzulegen."

Am anderen Ende der Leitung wird man deutlich kleinlauter. Nicht nur wegen ihres Vaters. Xie Kunsheng weiß, daß auch Liang Qian wenig Kontakt mit ihm hat. Außerdem befindet sich Xies Stelle außerhalb der Reichweite seiner Macht. Aber auch mit Liang Qian selbst legt man sich besser nicht an. Sie hat so gar nichts von einer Frau an sich, sie gleicht eher einem fahrenden Ritter in alten Romanen. Man weiß nie, woran man mit ihr ist, ihre Reaktionen sind unberechenbar, sie kann einen in die Enge treiben oder mir nichts, dir nichts bis auf die Knochen blamieren.

Entsetzlich diese Vorstellung, daß es auf der Welt nur Frauen wie Liang Qian gäbe. Was hätten in dieser Welt die Männer noch zu bestellen? Er wirft einen

Blick auf Qian Xiuying, die mit der Unterschriftenmappe wartend neben seinem Schreibtisch steht. Breites Gesicht, großer Mund, aber voll und attraktiv. Er zieht den Umgang mit Frauen dieses Typs dem Umgang mit Frauen vom Schlage Liang Qians vor, hart wie ein vertrocknetes Stück Kuchen und ein Geruch nach ranzigem Fett.

Xie Kunshengs flapsiger Ton wird ernst: „Nächste Woche, einverstanden?"

„Abgemacht!"

„Abgemacht!"

Liang Qian lächelt bitter, während sie den Hörer auflegt. Wie viele Rollen hat sie in dieser kurzen Zeit gespielt? Der Schauspielunterricht auf der Filmakademie war doch nicht umsonst. Damals war sie die Schlechteste in diesem Fach. Ein weiterer Beweis, daß einen das Leben mehr lehrt als alle Lehrbücher. Das Leben verlangt mehr Anpassungsfähigkeit als die Bühnenphantasie. Auf der Bühne geht es um Unglück, Demütigung, Leid und Enttäuschung anderer; im Leben erleidet man sie selbst.

Noch immer liegt die kleine Schwalbe aus Staniolpapier auf dem Sofa und schimmert matt im elektrischen Licht. Sie erinnert Liang Qian an den Bastelunterricht in den Anfangsklassen der Grundschule, an die Schiffchen, Schwalben, Affen, an die kleinen Jakken und Hosen aus Papier, die von ungeschickten kleinen Fingern gefaltet wurden. Was ist aus den eifrigen offenherzigen, naiven Mädchen geworden? Sie müht sich, sich die Gesichter ihrer Schulkameradinnen ins Gedächtnis zurückzurufen. Vergebens. Nicht einmal an ihr eigenes Kindergesicht kann sie sich erinnern.

Immer schieben sich überdeutlich die zu früh ergrauten Haare und die Falten der gealterten Frauen dazwischen, ihr müder Blick, der es versäumt hat, sich neugierig in der bunten Welt umzusehen; ihr nervöser Schritt, als hasteten sie immer hinter irgend etwas her; die ewig nachlässige Kleidung, die ewig schlampige Frisur ...

Wie oft ist sie sich mit Jinghua und Liu Quan einig gewesen, daß etwas geschehen müsse. Wie oft haben sie verabredet, sich einen Tag freizunehmen und mit Fahrrad und Proviant einen Ausflug ins Grüne zu machen. Das Projekt wurde vom Frühling auf den Herbst, von einem Jahr aufs andere verschoben. Verwirklicht wurde es nie. Jedesmal kam bei der einen oder anderen etwas Unerfreuliches dazwischen. Ein Hindernis folgte dem anderen. Würden sie jemals Zeit haben, aufzuatmen? Immer hieß es: „Wenn das erledigt ist..."

Jetzt hieß es wieder: Wenn Liu Quan versetzt ist; wenn Liang Qians Film abgedreht ist und in die Kinos kommt; wenn die Kontroversen über Jinghuas Abhandlung abgeklungen sind — dann machen sie ganz bestimmt ihren Ausflug. Wann das der Fall sein wird, ist nicht absehbar.

III

Liu Quan weiß, daß sie mit dem Rauchen aufhören sollte. Sie zählt die Zigarettenstummel in ihrem provisorischen Aschenbecher, einem blauumrandeten Tellerchen, das jemand aus der Kantine hat mitgehen lassen. Eins, zwei, drei ... sieben Zigaretten an einem Nachmittag! Trotzdem nimmt sie die achte aus der Schachtel.

Langsam strömt der Rauch zwischen ihren schmalen Lippen hervor, ballt sich regellos zusammen und verflüchtigt sich. Einem Fragezeichen ähnlich schwebt ein Rauchschwaden vor ihren Augen auf und ab.

Fragen? Was? Wen? Ja wen?

Qu Yuan schrieb seine „Fragen an den Himmel"[12]. Und wie endete es? Er verwandelte sich schließlich nur in die Wellen des Miluo-Flusses, die unablässig an die schweigenden Ufer schlugen. Das Zeichen „Mi" erinnert Liu Quan immer an das Zeichen „Lei" für ‚Träne', der Unterschied liegt nur in einem fehlenden Querstrich.* In ihrer Vorstellung ist daher der Miluo

* 泊 泪

immer ein Fluß der Tränen. Dank der Güte seines Schöpfers besitzt der Mensch Tränendrüsen. Wie könnten wir das Leben ertragen, wenn nicht so viele unserer Bitterkeiten von Tränen fortgeschwemmt würden!

Liu Quan bläst leicht gegen das Fragezeichen, es löst sich auf. Sie lächelt erleichtert, als sei es ihr soeben gelungen, einen ekelhaften Besserwisser zu verjagen, der davon lebt, seiner Umwelt mit bohrenden Spitzfindigkeiten auf die Nerven zu gehen.

Liu Quan fragt längst nicht mehr.

Die Antworten sind im Schicksal beschlossen. Und wer wüßte zu sagen, was das Schicksal ist. Keiner weiß, was ihn morgen erwartet, was er morgen tun wird. Hätte sie sich jemals vorgestellt, daß sie rauchen würde — acht Stück an einem Nachmittag? Der Glaube ans Schicksal ist tröstlich.

Früher fand sie rauchende Frauen unmöglich. Aber damals war sie ein junges Mädchen mit zwei dicken schwarzen Zöpfen. Eine Einserabsolventin der Englischen Fakultät. Heute ist sie eine geschiedene Frau, eine kleine Angestellte in einer Exportfirma.

Rauchen ist wunderbar, Zug um Zug inhalieren; beobachten, wie das Ende der Zigarette aufglüht; ab und zu die Asche abstreifen; diese mechanischen Bewegungen zerstreuen Konzentration und Gefühl und bauen innere Spannungen ab. Sie hat vergessen, wer von ihnen drei mit dem Rauchen angefangen hat.

Verglichen mit Jinghua und Liang Qian ist ihr die Verwandlung in ein Durchschnittsgeschöpf wahrscheinlich am besten gelungen. Auf der Straße, im Büro, im Umgang mit fremden Menschen läßt nichts mehr in ihrer Sprache, ihrem Auftreten oder ihrer Kleidung erkennen, daß sie eine Hochschulbildung genossen hat.

Vielleicht meint es das Schicksal jetzt gut mit ihr. Das Büro für Auswärtige Angelegenheiten hat sich mit ihrer Versetzung einverstanden erklärt.

Jinghua behauptete einmal, daß unweigerlich eine Wende eintrete, wenn jemand am Tiefpunkt angelangt sei.

Wirklich? Sollte sie wirklich den Tiefpunkt ihres Leidens durchschritten haben? Liu Quan wagt nicht, daran zu glauben. So einfach kann das nicht sein. Sie ist wie Jia Gui, der nicht wagte, sich in Anwesenheit anderer zu setzen. Jia Gui war ein Kriecher.[13] Und sie?

Ausschweifende Gespräche über Dialektik und Materialismus sind Jinghuas Leidenschaft. Liu Quan ist sich im klaren darüber, daß eine Frau, die den ganzen Tag nur über Dialektik und Materialismus redet, sämtliche Männer in die Flucht jagt. Selbst wenn man Augen hat, die von einem feinen Regenschleier verdeckt scheinen. Wenn sich Jinghua nicht gerade lauthals über Dialektik und Materialismus ereifert, fühlt man sich von ihren Augen wie von einem leisen Nieselregen eingehüllt. Aber letztlich suchen die Männer eine Ehefrau, keine Expertin für Marxismus-Leninismus. Sinnlos, ihr diese Leidenschaft ausreden zu wollen. Man nimmt schließlich auch einem Hinkenden seine Krücke nicht fort oder operiert einem Sänger die Stimmbänder heraus.

Wann wird endlich einmal für Jinghua die Wende eintreten? Momentan wird sie „ohne Nennung des

Namens" kritisiert. Der entsprechende Artikel ist mit
„ein Kritiker" unterzeichnet. Handelt es sich um eine
Kompanie, ein Bataillon oder ein Regiment?

Liu Quan weiß, daß die Preise ihrer Firma im Großhandel niedriger sind als im Einzelhandel.

Jinghua macht sich nichts draus: „... in den vierziger Jahren waren Anzugjacken mit Schulterpolster der letzte Schrei, in der ersten Zeit nach der Befreiung sang man überall, sogar in der Shanghaier Unterwelt, ‚Der Himmel über den befreiten Gebieten ist klar'; vor zwei Jahren waren ‚Reform', ‚Demokratie' und ‚Humanität' en vogue. Ich habe vermutlich meinen Part ausgesungen, jetzt sind die anderen an der Reihe. Sollen sie mir doch das Arbeiten verbieten! Ich habe meine Schreinerei. Liang Qian, du wolltest doch einen Rahmen für ein Ölbild? Jetzt habe ich Zeit dafür. Gib mir morgen die Maße."

„He, Liuchen!"

Das Gebrüll von Tie, dem Chauffeur Direktor Weis. Als sei sie sein Dienstmädchen. Warum war sie damals so versessen darauf, Englisch zu studieren? Autofahren hätte sie lernen sollen, dann könnte sie jetzt auch so aufgeblasen herumkommandieren.

Gott sei Dank sitzt sie hier mit einem ruhigen Gewissen. Die Formalitäten der Arbeitsübergabe hat sie am Vormittag erledigt. Sämtliche Unterlagen über Forschung, Produktion und Vertrieb sind chronologisch abgeheftet; die Verbindungsleute in den der Firma angeschlossenen Fabriken und Institutionen sind tabellarisch erfaßt; die für nächsten Monat anstehenden Termine und Kontrollen sind ins Memorandum eingetragen, ebenso die Übersicht über die im laufenden Quartal erledigten Vorgänge — eigentlich könnte sie nach Hause gehen. Aber Liu Quan weiß, daß sie nicht gehen kann, selbst wenn sie hier nur rauchend herumsitzt. Sie ist nur ‚ausgeliehen‘, noch nicht regulär versetzt, sie muß sich daher eine Rückzugsmöglichkeit offen lassen. Direktor Wei ist zuzutrauen, daß er noch am letzten Nachmittag, noch in der letzten Stunde ein Haar in der Suppe findet und mit einem Fingerschnippen den Erfolg ihres Kampfes zunichte macht.

Liu Quan drückt die Zigarette aus und steht auf. Lao Dong, der Abteilungsleiter hebt seinen grauen Stiftenkopf von seinen Formularen und mustert sie ein wenig besorgt. Jedesmal, wenn sie zu Direktor Wei gerufen wird, hat er diesen Blick, man könnte glauben, sie gehe zum ‚Bankett von Hongmen‘.[14]

Liu Quan zwinkert ihm zu und verläßt das Büro.

Warum tut sie so, als wäre ihr alles egal? Ihre Nerven sind zum Zerreißen gespannt, sie hat panische Angst, Direktor Wei werde sich irgendeinen Dreh einfallen lassen, um ihre Versetzung in letzter Minute unmöglich zu machen. Aber sie möchte nicht, daß sich Lao Dong ihretwegen Gedanken macht. Lao Dong ist ein grundanständiger Mensch und wie fast alle grundanständigen Menschen ein Schwächling; ihnen fehlen sowohl die aggressiven wie die defensiven Fähigkeiten. Solche Menschen bleiben ihr Leben lang Kinder. Und Liu Quan möchte ihnen immer zulächeln, selbst wenn die Katastrophe wie ein hungriger Wolf schon zum Fenster hereinschaut. Auch eine Art von Betrug. Aber da es ein Betrug aus guter Absicht ist, kann man ihr ihn nicht vorwerfen.

Offene Plastiksandalen an den Füßen, einen Bananenblattfächer in den Hosenbund gesteckt, lümmelt Tie, der Fahrer, im Türrahmen des Direktionsbüros. Schon von weitem wedelt er mit einem Blatt Papier und sagt: „He, übersetz mir mal das Geschreibsel hier!" Er hält ihr das Papier vor die Nase.

Liu Quan beachtet ihn nicht, sie weicht ihm aus und geht ins Direktionsbüro. Tie behandelt sie immer mit dieser widerwärtigen Vertraulichkeit. Liu Quan schließt daraus, daß er sich mit Direktor Wei von Mann zu Mann über sie unterhalten hat, wer weiß, mit welch schweinischen Ausdrücken.

Direktor Wei fläzt auf dem mit rotem Samt überzogenen Sessel, ein Bein über die Armlehne gelegt, sein Hosenschlitz steht weit offen, eine geblümte Unterhose lugt darunter hervor, wie sie sonst nur Frauen tragen. Zerstreut sieht er auf ein Aktenstück in seiner Hand. Liest er? Von der Flegelei seines Chauffeurs scheint er keine Notiz genommen zu haben. Obwohl Liu Quan schon eine ganze Weile vor ihm steht, hält er es nicht für nötig, auch nur die Augen zu heben.

Gegen solche Demütigungen versucht sich Liu Quan zu wehren, aber ihre seelischen Kräfte, mit denen sie nicht eben überreich ausgestattet ist, verbrauchten sich mit der Zeit. Jetzt ist sie brav geworden, hat sie begriffen, daß sich die Schlinge umso enger zusammenzieht, je mehr sie sich wehrt. Selbstachtung, Würde, im Grunde Dinge so zerbrechlich wie Eierschalen. Wie war es denn mit Li Qingzhao, der berühmten ‚Mannfrau'? Um zu überleben war sie schließlich doch gezwungen, wieder zu heiraten![15]

Mit zittriger Stimme fragt Liu Quan: „Sie haben mich rufen lassen, Direktor Wei?"

Direktor Wei wirft die Papiere auf das Tischchen, streckt sich und nimmt endlich das Bein von der Lehne. „Hat Tie dir nicht Bescheid gesagt?" Er wirkt ungeduldig, er glaubt wohl, daß nicht nur er, sondern alles, was mit ihm zusammenhängt, Macht über Liu Quan besitzt, und sei es ein von ihm beschriebenes Papier oder eine von ihm benutzte Teetasse. Liu Quans Mißachtung seines Fahrers ist daher selbstverständlich auch eine Geringschätzung seiner Person.

Mit triumphierendem Gekicher hält Tie ihr das Blatt wieder unter die Nase: „Übersetz mal!"

Liu Quan nimmt das Blatt nicht entgegen, sie wirft nur einen Blick auf den Briefkopf. Ein englisches Telegramm, vermutlich von einer ausländischen Handelsgesellschaft.

„Kann ich nicht", sagt sie.

„Kannst du nicht übersetzen? Kann sie nicht übersetzen und will so hoch hinaus?" Direktor Wei lacht trocken.

Er ist schlechter Laune. Als bedeute Liu Quans Versetzung für ihn einen Riesenverlust und für sie einen unangemessenen Vorteil. Nie hätte er gedacht, daß sie über solche Mittel verfügt. Das Büro für Auswärtige Angelegenheiten fordert sie an! Sie? Ausgerechnet sie?! Da muß sich einer gewaltig für sie eingesetzt haben. Die Leute, die in Sachen Liu Quan bei ihm vorsprachen, waren Leute, denen er schlecht etwas abschlagen konnte, daher mußte derjenige, der hinter ihnen stand, eine höhergestellte Persönlichkeit sein. Ist sie vielleicht mit einer höhergestellten Persönlichkeit verbandelt?

Er mustert Liu Quan von Kopf bis Fuß, als sähe er sie zum ersten Mal. Blaue Hose, kurzärmelige, schwarz-weiß karierte Bluse, schwarze Plastiksandalen. Falten um die Augen, auf der Stirn, sogar um die Mundwinkel. Nichts, aber auch gar nichts, was Blicke auf sich ziehen könnte, ganz anders als die verführerischen und koketten Frauen, mit denen er umzugehen gewohnt ist. Doch bei längerer Bekanntschaft entdeckt man etwas Anziehendes an ihr, etwas wie ... wie was? Er erinnert sich an die ‚Hände Buddhas‘, die seine Urgroßmutter in seiner Kindheit auf dem Ahnenaltar opferte. Die Früchte gaben einen leichten, herben Duft von sich, der selbst in jenem düsteren, dumpfen Raum die Vorstellung eines üppigen, grünen Gartens hervorrief.

Wenn man sich an Fisch und Fleisch überfressen hat, steht einem der Sinn zur Abwechslung nach anderen Gaumenfreuden. In den letzten Jahren hat Direktor Wei auf allen möglichen Wegen versucht, an Liu Quan heranzukommen, alles umsonst. Woher zum Teufel nahm sie die Kraft, sich ihm zu verweigern? Sie hat doch sonst keinerlei eigene Ansprüche! Einen Menschen, der alle Sehnsüchte aufgegeben hat, kann man nicht mehr verletzen. Und jetzt plötzlich schlägt sie mit ihren Flügeln und will davonfliegen! Warum Liu Quan weg möchte, ist ein offenes Geheimnis; daß sie es geschafft hat, ist eine klare Niederlage für ihn. Schwer zu verdauen. Aber so leicht wird er sie nicht davonkommen lassen.

Liu Quan versteht, daß der Kasernenhofton des Fahrers und das trockene Lachen Direktor Weis beabsichtigte Beleidigungen sind. Als Untergebene Weis fühlt sie sich wie eine der Ameisen, die Mengmeng mit Mottenkugeln umzingelt, und die aus Leibeskräften in die eine oder andere Richtung rennen, fliehen, aber wohin sie sich auch wenden, immer prallen sie auf eine Wand aus Kampfergeruch. Dennoch krabbeln sie hartnäckig weiter, im törichten Glauben, die Welt stehe ihnen offen und irgendein Weg führe zum Ziel.

„Man hat immer für die Revolution zu arbeiten, einen Unterschied zwischen hoch und niedrig gibt es da nicht. Die Leitung hat bei ihren Anordnungen stets das Ganze im Auge." Liu Quan konzentriert sich darauf, tief durchzuatmen. Von Leuten, die Qigong[16] praktizieren, hat sie gehört, daß man damit seelische Störungen verhindern kann. Gerade in diesem Moment darf sie auf keinen Fall ihre Beherrschung verlieren. Umsonst, vor ihren Augen tanzen die kleinen, dummen Ameisen. Worüber redet Direktor Wei? Sie versteht nichts mehr. Offenbar geht es darum, daß sie nur „ausgeliehen" ist, es also durchaus sein kann, daß sie wieder unter seine Fittiche zurückkehren muß. Daß es sinnlos ist, sich an irgend jemand anderen zu wenden, bevor sie nicht seine Einwilligung eingeholt hat ...

„Liu Quan, Telefon!" Abteilungsleiter Dong klopft an die Fensterscheibe.

Genau zur rechten Zeit. „Wünschen Sie noch etwas, Direktor Wei?"

„Geh erstmal!" Direktor Wei runzelt die Stirn.

Beim Verlassen des Direktionsbüros faßt sich Liu Quan unwillkürlich an den Rücken. Ihre Bluse ist schweißdurchnäßt.

Liu Quan greift eilig nach dem Hörer: „Hallo! Hallo!" In der Ohrmuschel pfeift es, als jage ein Sturm hindurch. Noch einmal: „Hallo!" Es pfeift weiter.

Lao Dong sagt: „Aufgehängt, hat wohl zu lang gedauert."

„Hast du nicht gefragt, wer am Apparat war?"

Ohne den Kopf zu heben, antwortet Lao Dong: „Nein."

Liu Quan legt auf. Angesichts seiner Gleichgültigkeit steigt ein plötzlicher Verdacht in ihr auf. Hat wirklich jemand angerufen? Zweifelnd sieht sie ihn an: Breite Nase, große Augen, das Gesicht ausdruckslos wie das eines Lehmbuddhas. Ist er wirklich so einfältig, wie er tut? Als Liu Quan im letzten Frühjahr von Direktor Wei ausdrücklich als Begleiterin zur Kantoner Messe angefordert wurde, ließ ihn Lao Dong geschickt auflaufen: „Ausgeschlossen, man wartet oben dringend auf die Resultate ihres Untersuchungsprojekts, sie kann hier unmöglich weg."

Nie hat Liu Quan ihm gegenüber Direktor Weis niederträchtige Zudringlichkeiten erwähnt. Nur vor Jinghua und Liang Qian heult sie sich Wut und Scham von der Seele.

Schon fast ein gewohntes Bild: Nach dem Abendessen sitzen sich die drei Frauen außerhalb des Lichtkreises der Stehlampe gegenüber, auf dem Tisch daneben das schmutzige Geschirr, keine ist in der Laune, abzuspülen. Zwei hören sich rauchend und wortlos die Klagen der Dritten an oder sehen ihr rauchend und wortlos zu, wie sie wütend mit der Faust auf die Sessellehne trommelt. Zwischen ihnen fällt kein Wort des Trostes. Was nützen all die schönen, leeren Worte!

Warum tut man ihnen so viel Unrecht an, warum haben sie so viel Pech? Für welche Sünden in ihrem letzten Leben haben sie in diesem derart zu büßen? Als könnten sie ihre Schuld nicht sühnen, selbst wenn sie das Leid aller Frauen der Welt auf ihre Schultern lüden.

Liu Quan hat Angst. Sie hat Angst vor Dienstreisen mit Direktor Wei, vor Arbeitsberichten, die sie bei ihm abzuliefern hat, Angst sogar davor, mit ihm in einen Bus zu steigen. Auf der Dienstreise nach Hunan im letzten Sommer, als sie wegen der Hitze nur dünne Kleidung trugen, preßte sich Direktor Wei im Bus von hinten an sie, so daß sie gezwungen war, mit aller Gewalt nach vorn zu drängen, bis sie schließlich an der Brust eines anderen Fahrgastes klebte. Sein Kinn lag fast auf ihrem Scheitel, und ihr schlug der Nikotingeruch seines Atems entgegen. Der Mann stank wie eine lange nicht gereinigte Pfeife. Aber er schien Liu Quans Probleme zu begreifen, denn er verschaffte ihr mit Mühe einen kleinen Freiraum und klemmte seine Tasche zwischen Liu Quan und Direktor Wei. Sie bedankte sich mit einem jämmerlichen, hastigen Blick.

Auf der Betriebsfeier zum 1. Mai hatte Lao Dong mit der Direktheit eines Angetrunkenen — war er wirklich betrunken oder spielte er nur? — erklärt: „Warum hat sie keine Lohnerhöhung gekriegt? He? Die ganze Abteilung war einverstanden ... Ist es ein Verbrechen, wenn man ein bißchen nach was aussieht? Hör mal Liu, du mußt heiraten, dann stehst du nicht so allein da! He!"

Heiraten? Leicht gesagt. Heutzutage ist es schon für junge Mädchen schwierig, einen Mann zu finden, und sie ist eine geschiedene Frau von vierzig! Noch dazu hat sie einen Sohn. Und mit zunehmendem Alter verlieren sich die Illusionen, das macht den Fall noch schwieriger. Frauen wie sie betrachten die Heirat eher als eine Katastrophe oder bestenfalls als Lotteriespiel, bei dem die wenigsten einen Treffer ziehen.

Aber anders als Männer müssen Frauen lieben. Als bestünde darin der Sinn ihrer Existenz. Ohne die Liebe zu einem Mann, zu einem Kind, verliert ihr Leben seinen Reiz. Und wenn Mann und Kind fehlen, lieben sie eine Katze, ein Möbelstück oder Kochrezepte. Das wenigstens bleibt Liu Quan erspart, sie hat einen Sohn.

Gott sei Dank sieht er seinem Vater nicht ähnlich. Ihr allerdings auch nicht. Die Augen, die kleine Nase, der Mund, das ganze Gesicht glänzt wie ein frischgebackenes Brötchen. Mengmeng ist ein offenherziger Lausbub. Ganz anders als sein knickriger, mißtrauischer, ewig berechnender Vater, der Tomatenmark nur in 3-Pfund-Dosen kaufte, weil man auf diese Weise, verglichen mit der gleichen Menge in 300-Gramm-Dosen, 75 Fen sparte. Da sie keinen Kühlschrank besaßen, mußte die Familie dreimal täglich Tomatenmark essen: Eiersuppe mit Tomatenmark, Kartoffeln in Tomatenmark gedünstet, mit Tomatenmark gebratener Reis, Nudeln mit Tomatenmark ...

Mengmeng ist auch nicht so nervös und reizbar wie sie. Er vergißt schnell. Vielleicht wird sich das später ändern. Als kleines Mädchen war sie genauso offen und fröhlich.

Weil sie keine Wohnung hatte, verlor sie das Sorgerecht für Mengmeng an seinen Vater. Auf ihre Eltern konnte sie nicht zählen. Schon ihre Heirat hatte eine ‚Eiszeit' zwischen Liu Quan und ihrer Familie ausgelöst. Vater mochte den ‚Krämer'-Schwiegersohn nicht. Als Liu Quan dann die Scheidung verlangte, empfand er das wiederum als eine Familienkatastrophe. Eine verderbte Tochter in seiner Familie!

‚Einem Hund vermählt, heißt Hundes Frau ein Leben lang' — ein ehernes Gesetz seit Jahrtausenden. Aber Vater hat schließlich in England studiert, Talar und Doktorhut getragen. Wir mögen alles aus dem Westen mit nach Hause schleppen, Elektronik und Coca-Cola, Trident-Flugzeuge und Miniröcke, einzig in punkto Moral bleiben wir uns ewig und unverrückbar treu, hier herrscht Konfuzius bis heute unangefochten. Für Liu Quan ist ihr Vater eine Art Enzyklopädie: ehrfurchtgebietend steht sie im Bücherschrank, in vornehmes dunkelbraunes Leder gebunden, mit kostbarer Goldprägung auf Rücken und Deckel. Korrekt und allwissend gibt sie auf alles Antwort, was ein Normalsterblicher nicht weiß. Nur die Frage, was für ein Mann zu Liu Quan gepaßt hätte, konnte sie nicht beantworten. Außerdem ist es wahrhaftig eine Belastung, auch dann ständig eine Enzyklopädie mit sich herumschleppen zu müssen, wenn man gerade einmal nicht die Klassiker zitieren möchte.

Liu Quan führte daher nach ihrer Scheidung lange Zeit eine Art Vagabundendasein. Ein paar Tage bei dieser Schulfreundin, ein paar Tage bei jener Bekannten. Auf die Hilfe anderer angewiesen zu sein, und sei es auch nur vorübergehend, gab ihr das Gefühl, sich in unermeßliche Schulden zu stürzen.

Dank ihrer Mutter, einer Absolventin im Fach

Hauswirtschaftslehre, ist Liu Quan eine perfekte Hausgehilfin. Wo immer sie wohnte, spielte sie die Rolle eines Hausmädchens, das zusätzliche Getreidemarken in die Familie mitbrachte. Aber hatte je einer darauf geachtet, daß sie nicht wagte, sich satt zu essen, daß sie nicht einmal wagte, sich von mehreren Gerichten zu nehmen, obwohl sie für das Essen bezahlte? Sie fühlte sich verpflichtet, nur die aufgewärmten Überreste der letzten Mahlzeit zu essen oder das, was den anderen nicht schmeckte. Während ihr zum Heulen zumute war, mußte sie die Kinder anderer Leute unterhalten, indem sie einen Teddybär spielte. Während sie nicht wußte, bei wem sie sich Leid und Demütigung von der Seele laden konnte, mußte sie geduldig zuhören, wenn andere sich nach Tisch mit vollgeschlagenen Bäuchen über dieses und jenes beschwerten. Sie kam sich vor wie eine Hungernde, die gezwungen ist, allzu wohlgenährten Menschen bei ausführlichen Diskussionen über Diätfragen Gesellschaft zu leisten. Sie mußte, wenn irgend jemandem gerade der Sinn danach stand, in die Empörung über die Skrupellosigkeit eines Dritten einstimmen, den sie nie im Leben gesehen hatte, von dem sie nicht einmal wußte, ob er dick oder dünn, groß oder klein war.

Eine Wohnung! Ihr ganzes Denken drehte sich um eine Wohnung. Sie wurde schier verrückt.

Liu Quan stellte bei ihrer Firma den Antrag auf Zuteilung einer Wohnung. Direktor Wei klapperte mit den Augendeckeln: „Wozu brauchst du eine Wohnung?"

„Sie wissen doch, daß ich geschieden bin!"

„Da ist nichts drin!" erklärte er kategorisch. „Unsere Neuverheirateten haben noch keine Wohnungen. Und jetzt kommen die Geschiedenen daher. Wenn wir da keinen Riegel vorschieben, würden alle nur noch zusehen, daß sie sich auf Teufel komm raus scheiden lassen!"

„Und was soll ich, bitte sehr, tun? Ich kann schließlich nicht auf der Straße schlafen!"

„Wer redet denn von der Straße? Weigere dich doch einfach, auszuziehen." Er lachte.

„Das geht nicht, die Wohnung gehört seiner Einheit!"

„Ach, dann trenn einfach das Zimmer mit einem Vorhang in der Mitte ab." Er lachte wieder. „Ist ganz praktisch."

„Wie, wie können Sie so reden ...", Liu Quan zitterte vor Wut.

„Ach, sowas habe ich schon oft gesehen. Viele kommen auf diese Weise wieder zusammen." Seine Miene ließ deutlich erkennen, daß er Liu Quan zu den Frauen zählte, die keinen Tag ohne Mann auskommen.

Liu Quan unternahm keinen weiteren Versuch. Sie war nun ganz auf die Hilfe anderer angewiesen. Die Hilfe anderer, das sagt sich so leicht. Geld hatte sie nicht. Es gibt heutzutage diese Leute, die aus dem Nichts auftauchen und imstande sind, alle deine Probleme zu lösen: Arbeitsplatzwechsel, Wohnung, Propangasflaschen oder Kassettenrecorder und Farbfernseher aus Hongkong. Aber dafür ziehen sie dir das Hemd vom Leibe, ihre Raffgier würde Balzac ausreichend Stoff für einen neuen ‚Père Goriot' liefern.

Schließlich hörte sie von einer Wohnung außerhalb der Stadt. Sie rechnete, täglich drei Stunden zur und von der Arbeit. Sie nahm das in Kauf, immerhin ein eigenes Nest, in dem sie sich würde verkriechen und ordentlich ausheulen können. Nicht mehr lachen müssen, wenn ihr nach Weinen zumute ist; keine verzweifelten Anstrengungen mehr, Gespräche in Gang zu halten, die sie überhaupt nicht interessierten.

Überglücklich rief sie Jinghua an, die kurz zuvor aus der Provinz nach Peking zurückversetzt worden war: „Ich habe eine Wohnung, wir können zusammenziehen!"

Um die Wohnung zu besichtigen, saßen sie aufgeregt fast zwei Stunden im Bus. Himmel, das sollte eine Wohnung sein! Durch das löchrige Dach sah man auf den trüben Himmel und das hohe Gras, das wie ein Wäldchen auf den Dachziegeln wucherte. Der Wind pfiff durch die Fugen, der Lehmverputz an den Mauern war heruntergebröckelt und gab die zerbrochenen Ziegel frei. In die Balken und Träger hatten die Holzwürmer tiefe Rillen gefressen, sie waren zerfurcht, wie eine Stirn voller Falten.

Liu Quan sagte: „Ich komme mir vor wie ein Überlebender in Hiroshima nach dem Atombombenangriff."

Jinghua gab sich optimistisch: „Kein Problem, ich kann mauern, das Dach und die Wände erneuern. In den Wäldern des Nordostens habe ich jeden Herbst Wasser geschleppt, Lehm angerührt und die Wände verputzt."

„Mit Verputzen ist es hier nicht getan. Du weißt so gut wie ich, daß das Haus abgerissen und von Grund auf erneuert werden muß. Willst du, daß es unser Grab wird?"

Wie ein Sendbote des Himmels erschien damals Liang Qian auf der Bildfläche. Sie war gerade aus dem Gefängnis entlassen worden, auf ihrem kahlgeschorenen Kopf begannen die Haare wieder zu sprießen. Sie sah aus wie ein Igel.

„Verdammte Scheiße! Wenn's den Vater erwischt, muß der Sohn mit dran glauben; kommt der Vater wieder zu Amt und Würden, dienert man auch vor dem Sohn. Ha!" Liang Qian krempelte sich kampflustig die Ärmel hoch.

Jinghua starrte sie mit offenem Munde an: „Du meine Güte, wann hast du das Fluchen gelernt?"

„Ich habe nicht nur gelernt zu fluchen, ich bin überhaupt schlauer geworden! Kein Grund zur Sorge, wir werden doch rehabilitiert, ich werde mich gleich mal um eine Wohnung für euch kümmern!"

Liu Quan lachte. Aber es war ein leeres Lachen, wie das Lachen auf der Peking-Opernbühne. Sie zog eine Schachtel Zigaretten hervor und nahm sich eine.

Liang Qian zog die Brauen hoch: „Du rauchst??"

Jinghua rückte näher: „Ich auch."

Wortlos nahm Liang Qian Liu Quan die Zigarette aus der Hand, nahm aus ihrer Tasche ein Feuerzeug und zündete sie sich an. Dann zog sie an der Zigarette, blickte auf die dünnen Rauchschwaden, lächelte ein einsames Lächeln und sagte: „Ich auch."

Liu Quan spürte ein Kribbeln in der Nase. Die drei dicken Schulmädchen — wo sind sie geblieben? Sie kennen sich seit der Grundschule. Damals war Liang Qian ein kleines Miststück. Jedesmal wenn die Klasse ins Bad geführt wurde, setzte sie sich mit übereinandergeschlagenen Beinen an die Eingangstür des Baderaums. Die nackten Mädchen hatten sich nacheinander vor ihr zu verbeugen und zu sagen: „Dem gnädigen Fräulein untertänigsten Gruß!" Erst wenn Liang Qian hochnäsig nickte, durften sie an ihr vorbei und das Becken betreten. Liang Qian nahm nie Papier mit aufs Klo. In ihrer Kabine hockend schrie sie: „Li, bring mir Papier!" Gehorsam schob dann Li ein Stück Klopapier unter der Tür hindurch.

Diese Regeln wurden schließlich von Jinghua gebrochen. Sie verbündete sich mit zwei der Mutigeren in der Klasse und gemeinsam warfen sie die ahnungslos an der Tür zum Baderaum sitzende Liang Qian ins Becken. Liang Qian stieß einen spitzen Schrei aus und lieferte sich mit Jinghua eine wilde Wasserschlacht, so daß an Baden nicht mehr zu denken war. Als Jinghua an der Reihe gewesen wäre, das Toilettenpapier zu liefern, ließ sie Liang Qian einfach sitzen. Liang Qian brüllte in ihrer Kabine Zetermordio und versäumte eine halbe Unterrichtsstunde. Hätte nicht die Betreuerin ihr Geheul gehört, wäre Liang Qian aus dem Klo nicht mehr herausgekommen. Eine Woche lang wechselten Liang Qian und Jinghua deswegen kein Wort mehr miteinander.

Damals war Liang Qian dick und stramm wie eine frisch abgebundene Wurst. Heute läßt sie sich eher mit einer luftgetrockneten Wurst vergleichen, die alle Feuchtigkeit verloren und auf deren Haut sich eine Salzschicht kristallisiert hat.

Während der Spendensammlungen für die Korea-Front verbrachte Liang Qian ganze Tage auf den Müllhalden, um mit einem Nagelstock bewaffnet Altpapier zu sammeln.

Das erlöste Geld übergab sie der Lehrerin. Während des „Feldzuges gegen die vier Schädlinge"[17] verzichtete sie auf ihren Mittagsschlaf und hockte in der brütenden Mittagshitze in der Toilette, um Fliegen zu jagen. Alles was sie tat, tat sie mit unbedingter Hingabe. Und jetzt hat sie Liu Quan eine Stelle beim Amt für Auswärtige Angelegenheiten verschafft.

Liu Quan seufzt. Nein, der Himmel ist nicht immer trübe. Übermorgen! Nicht nur ein Wechsel der Umgebung, sondern der Beginn eines neuen Lebens!

Das Leid hat ihre Illusionen längst zerrieben. Geblieben ist ihr das nackte Verantwortungsgefühl gegenüber der Gesellschaft: Sie will etwas tun, wofür sie ihre 56 Yuan Monatsgehalt mit gutem Gewissen in Empfang nehmen kann.

Spät nachts, wenn wieder ein widerwärtiger oder banaler Tag herum ist, wenn sie geseufzt, geweint, geflucht hat, sitzt sie allein neben der einsamen Schreibtischlampe, das Kinn aufgestützt und liest eifrig in einer englischsprachigen Zeitschrift, die ihr zufällig in die Hände gefallen ist. Manchmal schreckt sie hoch und fragt sich: „Was tue ich da?" Was haben ihre Englischkenntnisse, die 1+ ihrer Semesterprüfungen noch mit ihr zu tun?

Dann sitzt sie regungslos da und starrt auf den Pandabären, der auf dem Sockel der Tischlampe gierig an einem Bambus nagt. Schließlich seufzt sie, zieht sich mechanisch aus und geht zu Bett.

Die Betonung, die Direktor Wei gerade auf das Wort „leihweise" gelegt hat, klang wie eine Drohung.

Als wolle er ihr zu verstehen geben, daß er sie noch immer in seinen Klauen hält.

Es wird doch nicht in letzter Minute etwas dazwischenkommen?

In seinem großspurigen Tonfall hatte Abteilungsleiter Xie sie verständigt: „Am Montag fangen Sie hier an. Dienstag erwarten wir eine amerikanische Delegation, wir brauchen Sie umgehend als Dolmetscherin, der Versetzungsbescheid kommt nach."

Lao Dong hatte sie gewarnt: „Sei nicht so ungeduldig. ‚Leihweise Versetzung' — das bedeutet gar nichts. Warte, bis du den offiziellen Versetzungsbescheid in Händen hast, erst dann bist du sicher."

Aber Liu Quan hat es eilig. Sie erträgt keinen weiteren Tag den Anblick von Direktor Weis Glatzkopf. Wenn man sich seinem Büro nähert, taucht er schon von fern über der Milchglasscheibe seines Bürofensters auf, wie ein Ei, das auf dem Wasser schwimmt. Anfangs sieht man von diesem Ei nur verschwommen die Spitze, je näher man kommt, desto tiefer sinkt der Wasserspiegel, und schließlich erscheint das Ei in seiner ganzen Pracht.

Außerdem hofft sie auf ein bißchen Glück, ihr Englisch genügt allen Ansprüchen, sie ist fleißig und leistet ordentliche Arbeit. Was für einen Grund sollte das Büro für Auswärtige Angelegenheiten haben, sein Versprechen rückgängig zu machen?

IV

Zehn lange, feingliedrige Finger, schwarz vom aufwirbelnden Staub, umklammern den Hobel und führen ihn kräftig über das Holz, gleichmäßig und mechanisch. Wie Dauerwellen ringeln sich die Hobelspäne ab. Immer deutlicher tritt die Maserung hervor, braune Muster auf dem hellen Holz, so natürlich und schön, daß Jinghua unwillkürlich innehält und mit den Fingern über das glatte, ein wenig erwärmte, matt schimmernde Holz streicht. Sie ist stolz auf sich. Ihre Arbeit unterscheidet sich kaum vom Werk eines professionellen Schreiners.

Dieses Handwerk hat sie sich in den Jahren, die sie in den Wäldern des Nordostens verbracht hat, selbst beigebracht, um sich die qualvollen Tage zu erleichtern, um Hoffnungslosigkeit und Einsamkeit zu vertreiben. Manchmal ging es ihr gar nicht darum, etwas zu produzieren. Oft genug hat sie bestens verwertbare, ebenmäßige Holzblöcke zu Stöckchen zerhobelt, die zu nichts mehr nütze waren. Sie wollte nur den Hobel über das Holz führen, hin und her, hin und her. Anschließend stopfte sie die auf dem Boden herumliegenden Hobelspäne und Stöckchen ins Ofenloch unter dem Kang.

Seit ihrer Rückversetzung nach Peking hat sie die Schreinerei immer mehr vernachlässigt. Ein Glück, daß Werkzeuge nicht imstande sind, zu denken und zu fühlen, sonst müßten sie Jinghua für eine Opportunistin halten, die sich ihrer nur erinnert, wenn es ihr dreckig geht. Die Werkzeuge dagegen werden Jinghua nie im Stich lassen, sie braucht sie nur zur Hand zu nehmen, und sie belohnen ihre Herrin mit Hockern, Tischen, Schränken und Regalen. Sie werden nicht kalt und pflichtvergessen schweigen, und sie werden auch nicht plötzlich über sie herfallen, um sie zu beißen. Keine Frage, Schreinern ist eine einfachere und solidere Arbeit als Artikel zu schreiben, für die man kritisiert wird. Warum schreibt sie trotzdem weiter? Aber was würde wohl geschehen, wenn keiner mehr ein bißchen Verantwortungsgefühl gegenüber der Gesellschaft hätte, wenn jeder nur nehmen und keiner mehr geben wollte?

Maotou schaut zu ihr herauf und miaut. Was will sie denn noch? Als Jinghua vom Einkaufen zurückkam, hat sie trotz knurrendem Magen zuallererst der Katze ein paar Fischchen gekocht. Gierig vor Hunger hat sie dann selbst ihren Reis halbgar heruntergeschlungen, anschließend hatte sie Bauchweh.

Maotou springt auf den grob zusammengenagelten Schreinertisch und von dort auf Jinghuas Rücken. Mit kleinen Schritten vor- und rückwärts versucht sie die Balance zu halten. Beugt sich Jinghua vor, um den Hobel nach vorn zu schieben, klettert Maotou rückwärts bis zu ihrer Hüfte hinunter, richtet sie sich auf, um den Hobel nach hinten zu ziehen, klettert die Katze geschickt auf Jinghuas Rücken wieder nach oben. Ihre scharfen Krallen zerren kratzend an Jinghuas blauer Khaki-Jacke.

Wahrscheinlich leidet sie unter Einsamkeit. Auch Maotou braucht Trost, braucht jemanden, der sie in den Arm nimmt und streichelt. Das schwache Tier! Letztlich ist doch wohl der Mensch das stärkste Wesen im Universum. Gilt das auch für ‚Messergesicht'?

Der wagemutige Artikel, den Jinghua im letzten Jahr veröffentlicht hat, fand bei einigen namhaften Theoretikern heftigen Beifall. Er wurde in einer Reihe von Zeitungen nachgedruckt und überall kommentiert. Die Reporter gaben sich die Klinke in die Hand. Und ‚Messergesicht' erklärte ihr allen Ernstes: „Genossin Cao Jinghua, du hast eine exzellente Interpretation des Marxismus geliefert. Du hast damit einen großen Beitrag für unsere Sache geleistet; wenn es –, äh, wenn es nach mir ginge, würde man dich zum Mitglied des Zentralkomitees wählen. Meine Stimme hättest du." Dabei wand sich sein langer, dünner Körper wie ein Blutegel im Wasser.

Das Schrecklichste war, daß er das nicht einmal als Scherz meinte. Jinghua überlief eine Gänsehaut. „Soll das ein Witz sein? Ich habe keinerlei derartige Ambitionen. Achte gefälligst in Zukunft auf das, was du sagst. Was du da gesagt hast, ist übel, sehr übel!"

Das war ein schlechtes Omen. Niemand weiß das besser als Jinghua. Seither achtet sie auf Distanz zu bestimmten Personen und Vorgängen. Tragödien großer Persönlichkeiten hat sie zur Genüge miterlebt. Auch die Begabtesten waren nicht in der Lage, der Umklammerung zu entkommen, die ihnen die Fähigkeit raubte, die objektive Realität richtig zu beurteilen. Sie verloren ihren Scharfsinn, ihre Kraft, ihre Intelligenz. Zu guter Letzt wurden sie von ihren Belagerern gefressen wie Maulbeerblätter von Seidenraupen.

Jinghua will nicht berühmt werden, ihr Antrieb zu reeller Arbeit ist das Bewußtsein eines Parteimitglieds. In den letzten Jahren scheint ein frischer Wind durch den dumpfen Ideologiebetrieb zu wehen, in die wissenschaftliche Arbeit kam ein bißchen Leben, normale Forschungsaktivität und wissenschaftliche Diskussion wurden wieder möglich. Jinghua nützte die Situation, um ihre Überlegungen und Beobachtungen zur gesellschaftlichen Situation und ihr Streben nach dem hohen Ideal des Kommunismus zum Ausdruck zu bringen.

In diesem Jahr erinnerte sich der ‚Kritiker' wieder an ihren Aufsatz. Warum? Keine Ahnung. Vielleicht war ihr Pseudonym unglücklich gewählt, einige Leute sollen hinter dem Artikel einen namhaften Theoretiker vermutet haben. Welche Ehre! Man könnte fast an einen bösen Streich glauben. Dieses Mißverständnis, der ganze Trubel machten sie irgendwie traurig. In den Jahren, als sie in den Wäldern des Nordostens ums nackte Überleben kämpfen mußte, hatte sie keine Zeit, ihre theoretischen Studien fortzusetzen. Und nun wurde dieser stümperhafte Artikel einer Anfängerin derart hochgejubelt. Ist sie so gut oder das allgemeine Niveau so niedrig?

Was hat ‚Messergesicht' gestern auf der Versammlung gesagt? Erst bei dieser Gelegenheit hat Jinghua bemerkt, wie groß sein ununterbrochen auf- und zuklappender Mund war. Und dazu sein schmales Gesicht, schmal wie ein spitzer Keil, der sich in alles, was harmonisch und ebenmäßig ist, hineintreiben läßt. Er forderte Jinghua auf, ihre Haltung zu korrigieren, und gewissenhaft über die gravierenden Fehler in der politischen Tendenz ihres Aufsatzes Rechenschaft abzulegen. Er kann kaum älter sein als sie, erst vierzig. Wie kann man in diesem Alter schon ein so schlechtes Gedächtnis haben? Sein ‚heiliges' Versprechen, ihre Wahl zum Mitglied des ZK zu unterstützen, hat er ganz und gar vergessen.

Jinghua antwortete aus dem Stegreif. „Nach meiner Überzeugung hat alles gesellschaftliches Tun, sei es der Klassenkampf, sei es die Produktion, sei es die Wissenschaft, einzig und allein ein Ziel: ein Leben in Würde, ein Leben ohne Unterdrückung, ohne Ausbeutung, einen Menschen, der sich seines Wertes bewußt ist. Das Proletariat hat nicht allein die Aufgabe, die ganze Menschheit zu befreien, zu guter Letzt muß es sich selbst befreien, nicht nur materiell, sondern auch geistig. Ich bin mit den Auffassungen des ‚Kritikers' nicht einverstanden. Wissenschaftliche Theorien und Erfahrungen entstehen erst im Anschluß an die Praxis. Zum gegenwärtigen Zeitpunkt verfügen wir lediglich über Theorie und Erfahrung der Epoche der demokratischen Revolution. Theorie und Erfahrung der sozialistischen Revolution und des sozialistischen Aufbaus stecken noch in den Kinderschuhen. Die herkömmliche revolutionäre Theorie muß daher auf der Grundlage einer gewissenhaften Analyse der vorliegenden Fakten entwickelt und ergänzt werden. Derartige Analyse, Entwicklung und Ergänzung ist Ausdruck unserer Verantwortung gegenüber der Sache des Kommunismus und bedeutet keineswegs eine Ablehnung der vier grundlegenden Prinzipien. Aus diesem Grunde halte ich heute nach wie vor an den in meinem Artikel vertretenen Ansichten fest ..."

Anschließend erläuterte sie kurz und bündig ein weiteres Mal ihre im Artikel geäußerten Ansichten. Liu Quans Warnung, den Mund zu halten, hatte sie vergessen. Liu Quan meinte es gut mit ihr, aber Jinghua ist Parteimitglied! Wozu würde man noch Parteimitglieder brauchen, wenn Widersprüche und Kämpfe auf der Welt verschwunden wären? In prinzipiellen Fragen gibt Jinghua keinen Finger breit nach. Die Geschichte wird ihr Urteil über jeden von uns fällen, da spielt ein vorübergehendes Mißverständnis keine Rolle. Ein Parteimitglied ist nicht nur sich selbst, sondern vor allem der Wahrheit verantwortlich.

Jinghua spürte, wie der warme Strom ihrer Worte die eisige Atmosphäre auftaute, die ‚Messergesichts' Rede unter den Zuhörern hatte entstehen lassen. Offenbar verfingen die Tricks aus der „Kulturrevolution" heute nicht mehr so recht. Das politische Leben hat sich normalisiert, das demokratische Klima in der Partei ist gesünder geworden. Das ist doch immerhin ein Fortschritt!

Aufrichtigkeit und Offenheit sind grundlegende menschliche Tugenden. Man darf sein Mäntelchen nicht nach dem Wind hängen. Seinen Besitz kann man verlieren, aber mit dem Gewissen verliert man die Basis der Existenz.

Jinghua glaubt nicht, daß die Leute wie ‚Messergesicht' ein wirklich fröhliches und unbeschwertes Leben führen.

Kurz nachdem Jinghuas Aufsatz in der Presse unter Beschuß geraten war, hatte auf Initiative eines führenden Funktionärs in ihrer Einheit eine Konferenz stattgefunden. Er hoffe, so sagte der Funktionär, damit einen Beitrag zu leisten zur richtigen Einschätzung der Kritik, zur Umwandlung passiver Elemente in aktive, zur Vereinheitlichung der Meinungsbildung, zur Entwicklung kritischen Bewußtseins, zur Verbesserung der Arbeit und Stimulierung des Arbeitseifers.
Jinghua hatte an diesem Tag Kopfschmerzen. Sie hatte sich eigentlich freinehmen wollen, aber das hätte nach Desertieren ausgesehen, schließlich war diese Sitzung nicht zuletzt ihretwegen einberufen worden. Also blieb sie. Sie schluckte hastig eine Schmerztablette, die ihr ‚Messergesicht' besorgt hatte. Die Tablette wirkte Wunder, die Kopfschmerzen verschwanden, aber dafür verschlief sie in der vordersten Reihe sitzend den ganzen Nachmittag. Sie erinnerte sich, daß sie jemand diskret wachrüttelte, aber sie konnte die Augen nicht offenhalten. Rings um sie verschwamm alles in Dämmer, die Stimmen drangen wie aus weiter Ferne zu ihr, ihr Körper schien im luftleeren Raum zu schweben, formlos und weich wie ein Teigklumpen, ohne Hände und Füße, Herz und Hirn. Nach der Versammlung verabschiedete sich der führende Funktionär von ihr mit den bedeutungsschweren Worten: „Genossin Cao Jinghua, als Mitglied der Kommunistischen Partei mußt du ernsthaft gegen schlechte Tendenzen an der ideologischen Front vorgehen; anders lautenden Meinungen von Genossen solltest du positiv und bescheiden gegenüberstehen! Haha——! Wenn du Einwände gegen mein Referat hast, äußere sie nur frei

heraus! Ha?" Jinghua konnte nur mechanisch nicken, mit dem verwirrten Lächeln einer Nachtwandlerin. Erst am nächsten Tag überkam sie Argwohn. „War das gestern wirklich eine Schmerztablette?" fragte sie ‚Messergesicht'.

„Ja." Hinter seinen Zügen verbarg sich kaum verhohlene Befriedigung.

„Wieso habe ich mich dann gefühlt, als hätte ich eine Schlaftablette geschluckt?"

„Schmerztabletten haben natürlich auch eine betäubende und beruhigende Wirkung."

Ein Mann, der einer Frau gegenüber mit derartig schmutzigen, heimtückischen Methoden operiert! Jinghua findet ihn erbärmlich.

„Mit dieser Tablette kannst du mich nur ein paar Stunden außer Gefecht setzen! Für eine Zyankali-Tablette warst du wohl zu feige?"

‚Messergesicht' wechselte die Farbe. „Was soll das heißen?"

„Ein Witz, nimm nicht gleich alles so ernst. Du weißt doch, daß ich gern böse Streiche spiele! Wenn du dich nicht traust, mir Zyankali zu geben, tu ich's vielleicht eines Tages. Ha, Ha———!"

„Mit sowas treibt man keine Scherze! Du zeigst ja heute recht abartige Regungen."

„Mir sind Leute zuwider, die überhaupt keine Regungen zeigen." Jinghua reichte ihm eine Zigarette: „Hier bitte! Eine ‚Großes China'!"

Seither bemerkt Jinghua, daß er mit einem mißtrauischen Blick auf sie mehrmals seine Tasse ausspült, bevor er sich frischen Tee aufgießt. Die in der Tasse zurückgebliebenen Teeblätter vom letzten Mal gießt er grundsätzlich kein zweites Mal auf. Jinghua grinst in sich hinein und ermahnt ihn: „Verschwendung, die guten Teeblätter nur einmal zu verwenden!"

Er hat Angst. Angst vor Zyankali. Warum hat er keine Angst vor dem Verlust seiner Selbstachtung und seines Gewissens? Wieviel Banalität und Verkommenheit!

Parteisekretär An Tai ergriff im Anschluß an Jinghuas Rede das Wort und begann mit folgender Eröffnung: „Ich unterstütze die Genossin Cao Jinghua."

Jinghua bemerkte, wie ‚Messergesicht' zunächst zusammenzuckte, dann eilends sein bereits zugeklapptes Notizbuch wieder öffnete, den Füller aus der Brusttasche zog und hastig zu notieren begann.

An Tai fuhr fort: „Warum? Ganz einfach, weil sie die Wahrheit gesagt hat. Was bedeutet ‚Liberalismus'? Die Abschaffung der führenden Rolle der Kommunistischen Partei. Nichts dergleichen findet sich in Jinghuas Aufsatz. Er stellt lediglich einige akademischen Überlegungen zur Debatte. Wir dürfen nicht willkürlich Druck auf eine Genossin ausüben, ihr eine ‚Mütze'[18] verpassen. Erinnern wir uns an die Arbeit in den von Jiang Kaishek beherrschten Gebieten. Damals hatte jeder den Mut, uns seine Meinung offen zu sagen, sie mochte noch so falsch oder reaktionär sein. Welche Möglichkeiten hatten wir? Wir konnten sie nur durch Tatsachen überzeugen, gestützt auf unsere eigenen Erfahrungen ihr Bewußtsein wecken, bis sich diese Leute schließlich die Sache der Revolution zu eigen machten. Wie sah es denn in meinem Kopf aus, bevor ich mich der Revolution anschloß? Da gab es einen alten Genossen. Tagsüber arbeitete er, aber sobald er nur ein bißchen Zeit hatte, kam er zu mir, setzte sich aufs Bett und hielt mir nächtelang Vorträge. Wenn er merkte, daß ich irgend etwas kapiert hatte, lächelte er glücklich. Nie werde ich dieses Lächeln auf seinem aus Schlafmangel verschwollenen und gelben Gesicht vergessen und nie seine davoneilende Silhouette, wenn er am nächsten Morgen zur Arbeit hetzte. So viel Mühe allein für einen einzigen Menschen! Und in diesen angespannten Zeiten! Zeit haben wir heute dagegen mehr als genug. Warum waren wir damals zu solchen Leistungen fähig? Weil wir schwach waren, weil wir jeden brauchten, der unsere Reihen verstärkte. Wenn wir den Knüppel geschwungen hätten, hätten wir die Leute verscheucht, uns isoliert und wären gescheitert. Auch wenn wir heute die Macht haben, stark sind, dürfen wir die Masse des Volkes nicht vergessen. Ihr werdet vielleicht sagen, hier gehe es nur um eine Person. Quantitativ ist das richtig, aber wer so denkt, hat bereits viele verloren. Wir müssen uns zusammenschließen, Kritik und Selbstkritik müssen in regulären Bahnen verlaufen. Wir müssen zulassen, daß Kritik mit Gegenkritik beantwortet wird, die Kritik in einen Diskussionsprozeß überführen, in dem jeder auf seiner Meinung beharren darf, und in dem die besseren Argumente überzeugen. Nur so erreichen wir wirkliche Einheit, echte Solidarität..."

Ohne das Ende seiner Rede abzuwarten, verließ Jinghua den Saal und verkroch sich hinter dem großen Bühnenvorhang des Vorführungssaals. Dort blieb sie bis Dienstschluß. Sie hätte ihn nicht weiter ansehen, ihm nicht weiter zuhören können, ohne in Tränen auszubrechen.

Merkwürdig, Lao An mit seinem ständig wackelnden Kopf, seinen zittrigen Händen — sein Blutdruck war im letzten Jahr so oft gestiegen, daß ihm das Arbeiten eigentlich untersagt war, den Urlaubsschein des Arztes trug er in der Tasche spazieren —, seine zerzausten grauen Haare, seine wässrigen Augen, die von der Hinfälligkeit des Alters zeugten. Augen, die immer ein wenig traurig dreinblickten. Keine Spur des respekteinflößenden Kämpfers findet sich an diesem alten, scheinbar so gebrechlichen Mann. Doch seine Redlichkeit verschaffte ihm Respekt, unbeirrbar wie ein beweglicher eiserner Wall, rückt er vorwärts.

Zu Jinghuas Überraschung fand sie ihn in ihrem Büro, als sie dorthin zurückkehrte.

„Wie war meine Rede?" Jinghua hörte die gespielte Gleichgültigkeit in ihrer Stimme. Gott sei Dank ist Lao An nicht allzu hellhörig.

„Sehr gut!"

„Wirklich?" Sie hörte auf, Desinteresse zu heucheln. Lao An meinte es ernst.

„Doch, alle meinen das. Sehr gut!" Lao An deponierte einen Stapel mit gelbem Seidenband zusammengebundener Briefe auf Jinghuas Schreibtisch. Sie mußte an die klassischen Romane des 17. und 18. Jahrhunderts denken und an Szenen aus Opern wie ‚La Traviata'. In diesen Romanen und Opern pflegten die Liebhaber die Briefe ihrer Geliebten mit solchen Seidenbändern zu verschnüren. Weder in der untersten Schublade ihres Schreibtisches noch in ihren Schränken haben sich je solche Kostbarkeiten befunden, aber Jinghua weiß, daß man sie ehren muß.

Schweigend wartete sie auf Lao Ans Erklärung.

„Das sind ihre Briefe." Sanft streichelte er über das Paket, als wäre es das Haar einer Geliebten.

Sie. Jinghua weiß von dieser ‚sie'. Lao An ist verliebt. Ziemlich unvorstellbar, daß man sich mit sechzig Jahren noch verliebt. Aber Jinghua gönnte ihm diese Verliebtheit von Herzen. Wer hätte es mehr verdient als dieser herzensgute Mensch, eine gute Lebensgefährtin zu finden und die Freuden der Liebe zu genießen?

Lao An hatte eine unglückliche Ehe. Seine Frau verliebte sich in einen anderen und verlangte die Scheidung. Noch auf dem Weg zum Straßenkomitee, um die Scheidungsformalitäten zu erledigen, schärfte ihr Lao An mehrfach ein: „Du mußt sagen, daß wir beide uns nicht mehr verstehen, daß beide Seiten mit der Scheidung einverstanden sind. Dritte sollten wir unbedingt aus der Sache heraushalten, sonst wird es nur kompliziert." Noch deutlicher konnte er sich nicht ausdrücken, aus Angst, ihr Peinlichkeiten zu bereiten. Als alles vorbei war, hatte er zu Jinghua gesagt: „Ich stamme noch aus einer früheren Epoche. Ich weiß, wie sehr Frauen in der alten Gesellschaft unterdrückt wurden, deshalb respektiere ich sie um so mehr."

„Ich will die Entscheidung nicht weiter hinausschieben, aber ich habe noch zwei Befürchtungen: Erstens, daß sie zu verwestlicht und zweitens, daß sie zu sentimental ist. Kannst du mir einen Rat geben? Hier sind ihre Briefe, nach Datum geordnet. Fang mit dem obersten an."

Es ging weder um die Briefe noch um ihren Rat.

Jinghua verstand Lao An nur allzu gut. Er kümmerte sich weder um irgendwelche ‚Kritiker', noch um die ‚Mützen', die ihr ‚Messergesicht' aufzusetzen versuchte. Für ihn war Jinghua nach wie vor eine Freundin, der man sich anvertrauen konnte.

Jetzt liegen also ‚ihre' Briefe auf Jinghuas Schreibtisch. Sie weiß noch nicht, ob sie sie lesen wird. Wie auch immer, einen Parteigenossen und Parteisekretär wie Lao An wird sie nie vergessen. So wie Lao An das Lächeln jenes alten Parteigenossen nicht vergessen hat. Jinghua kennt den Mann nicht. Ob er wohl noch lebt? Welche Funktion er jetzt wohl innehat? Weiß er, welch ein wertvolles Erbe er seinen Nachfolgern hinterlassen hat? Wenn er es weiß, müßte er glücklich und unbeschwert leben können.

Knatternd hält ein dreirädriger Lieferwagen vor dem Haus. Von unten schallt es herauf: „Kohlen! Kohlen!" Jinghua legt den Hobel beiseite und springt die Treppe hinab.

Die Mehrzahl der Familien im Wohnblock ist längst auf Propangas umgestiegen, nur einige wenige verwenden noch immer die alten Brikettöfen. Ihnen ist es bis heute nicht gelungen, einen Propangasbehälter zu ergattern, und seit der Preis für Behälter und Gasherde die 100 Yuan-Grenze überschritten hat, haben sie alle Hoffnung aufgegeben. Mit Kohle zu heizen ist eine Schinderei. Die für sie zuständige Kohlenlieferstelle kennt keine regelmäßigen Lieferzeiten, so daß ihnen manchmal einfach das Feuer unter dem Kochtopf ausgeht. Sie müßten sich einen größeren Vorrat anlegen, aber wohin damit? Sich auf eigene Faust Kohle bei einer Lieferstelle in der Nachbarschaft zu besorgen, ist unmöglich; es verstößt gegen die Vorschriften. Jede Station ist nur für bestimmte Straßen zuständig. Auch diese Lieferung ist erst auf mehrfaches telefonisches Bitten und Betteln zustandegekommen. „Ausgeschlossen! Wir haben keinen Wagen. Leute haben wir auch nicht. Dringend? Dann kommen Sie mit ihrer Waschschüssel und holen Sie sich die Kohlen selbst." Weiteres Bitten unterbindet der Mann in der Kohlenstation durch sofortiges Auflegen.

Die Kohlenlieferstelle scheint tatsächlich Personalmangel zu haben, der Fahrer des Kohlenwagens ist eine Frau. Klein und mager. Was machen wohl die Männer? Am Telefon sitzen und Kunden abfertigen, denen die Kohle fürs tägliche Essen ausgegangen ist.

Ein Gewitter zieht auf. Der Sturm treibt die schweren Wolken über die Stadt und wirbelt den Kohlenstaub von der Ladefläche. Er verursacht ein schmerzhaftes Prickeln im Gesicht. Ungerührt schippt die Frau die Briketts vom Wagen.

Frau Straßenkomiteeleiterin Jia kommt mit einer Kehrschaufel voller zerbröckelter Brikettstücke herbeigelaufen und beklagt sich: „Die Briketts vom letzten Mal sind mit zuviel Lehm angerührt worden, sie zerbrechen beim bloßen Anfassen. Sie tauschen mir doch ein paar um, ja?"

Die Frau lädt weiter Kohlen ab, als hätte sie nichts gehört.

Kichernd schüttet Frau Jia ihre Brikettbrocken auf die Ladefläche und nimmt sich vier neue Stücke. Als hätte sie Augen auf dem Rücken, dreht sich die Kohlenfrau kurz um, nimmt zwei der Briketts wieder von

Frau Jias Kehrschaufel und wirft sie auf den Wagen zurück. Dann lädt sie wortlos weiter ab. Sie muß sich auf die Fußspitzen stellen, um die hinten liegenden Brikettstücke zu erreichen.

Frau Jia grummelt: „Nur zwei Stück für eine ganze Schaufel?" Ihr Lächeln ist verschwunden, hinter ihrem Rücken schneidet sie der Kohlenfrau eine Grimasse. Die Kohlenfrau muß erschöpft sein. Da sie bemerkt hat, daß sich Frau Jia hinter ihrem Rücken vier Briketts genommen hat, werden ihr deren Grimassen kaum entgangen sein. Sie hat wohl keine Kraft mehr, sich mit Frau Jia zu beschäftigen.

Jinghua springt auf die Ladefläche und schiebt der Frau die Brikettstücke zu. Die Frau bleibt weiter stumm, aber bevor sie abfährt, sagt sie zu Jinghua: „Rufen Sie mich an, wenn Sie das nächste Mal Kohlen brauchen. Ich heiße Zhou."

Der Wind wird heftiger. Es kühlt ab, Vorbote des nahenden Regens. Die Windböen bauschen Jinghuas Bluse, eine Wohltat, der Schweiß auf ihrem Rücken trocknet. Sie muß die Kohlen in die Wohnung schaffen, bevor es anfängt zu regnen. Frau Jia gerät in Panik. Wie eine aufgeregte Glucke steht sie vor ihrem Briketthaufen und schaut ununterbrochen auf die Uhr. „Um Gotteswillen, was soll ich nur tun, die Arbeiter werden vor dem Regen nicht zurückkommen!" Frau Jia hat ‚befreite Füße'[19], die so gar nicht zu ihrer riesigen Armbanduhr passen wollen. Laufen kann sie damit problemlos, aber einem Kohlentransport ins obere Stockwerk sind sie nun doch nicht gewachsen. Jinghua muß ihr wohl oder übel helfen, obwohl sie genau weiß, daß Frau Jia im nächsten Augenblick zum

Straßenkomitee rennen wird, um den alten Weibern dort zu erzählen: „Gestern hatten sie wieder bis spät in die Nacht Gäste. Erst um zwölf ist bei ihnen das Licht ausgegangen ...!" Oder: „Gestern abend war bei denen um acht schon dunkel. Was die wohl zu verbergen haben?"

Trotzdem muß Jinghua ihr helfen. Sie kann nicht anders. Frau Jia auch nicht. Wie ihre ‚befreiten Füße' ist ihr Getratsche ein Erbe der alten Gesellschaft, historischer Überrest. Man muß den Tatsachen ins Auge sehen. Außerdem geht es hier nicht um Prinzipielles.

Zweiter Stock. Fünfhundert Stück für zwei Haushalte. Pro Gang zehn Stück. Fünfzigmal die Treppen rauf und runter. Das soll ihr erstmal ein Mann nachmachen. Bei den letzten Malen dreht sich ihr alles vor Augen, sie läuft wie auf Watte, zittert am ganzen Körper, die Zunge klebt am Gaumen, die Lippen sind ausgedörrt. Sie möchte sich einfach auf den Betonboden legen.

Frau Jia ist von Natur aus gesprächig. Sie redet wie eine Maschinenpistole. Jinghua hört kaum hin, vor Erschöpfung schmerzen ihr sogar die Ohren.

„Genossin Cao, bleiben Sie doch noch. Sie können sich bei uns die Hände waschen. Wie wär's mit einer Tasse Tee?"

„Ich besitze Seife und Wasser." Wie eine Betrunkene taumelt sie aus dem Zimmer.

Die Thermosflasche ist leer. Natürlich. Ihre Thermosflaschen sind meistens leer. In diesem Moment bedauert sie es.

Ihr bleibt nur der Wasserhahn. Kaltes Leitungswasser gehört zu ihren Standardgetränken. Diesmal allerdings wäre ihr eine heiße Tasse Tee wirklich lieber. Erst die Hände waschen. Sie seift sich die Hände ein. An den Nagelrändern noch immer alles voll Ruß. Eine Bürste muß her. Sie dreht sich um, und wie in der Mitte durchgehackt stürzt sie zu Boden. Sie versucht die Beine zu bewegen, sich aufzurichten, vergeblich, sie kann sich nicht rühren. Bei der geringsten Bewegung fährt ihr der Schmerz durch den Körper. Maotou scheint ihr Anblick Schrecken einzujagen, sie miaut schrill und kläglich und umkreist hilflos und verängstigt die liegende Jinghua. „Miau——Miau ——!" Mit erhobenem Kopf und vorgestrecktem Hals, als wolle sie um Hilfe rufen.

„Hör auf, Maotou, dich versteht keiner! Hör auf, ich bitte dich!" Jinghua muß ihre ganze Kraft zusammennehmen, um diese wenigen Worte hervorzustoßen.

Maotou hört auf zu miauen, als habe sie Jinghua verstanden. Sie kuschelt sich an ihre Brust, voll Sorge, sie zu beschützen.

Jinghua kommt der Artikel des ‚Kritikers' in den Sinn: „Eine aberwitzige Attacke der Bourgeoisie im ideologischen Bereich." Nein, Maotou ist nicht so kaltherzig. Auch Maotou war mit Jinghuas Artikel nicht einverstanden. Doch sie demonstrierte das auf ihre Weise: Sie zerfetzte das Manuskript mit Zähnen und Krallen. Jinghua mußte es neu schreiben. Aber im Gegensatz zum ‚Kritiker' war Maotou bei der Durchsetzung ihres Empfindens von Recht und Unrecht von liebender Pflichterfüllung geleitet.

Blitz und Donner jagen sich, als wollten sie ihr Feuerwerk ungehemmt durch Türen und Fenster direkt über Jinghuas Kopf entfalten. Der Sturm rüttelt hemmungslos an Gebäuden, Türen und Fenstern, an Bäumen und Stromleitungen, es pfeift, knattert und heult. Der klatschende Regen peitscht unnachsichtig auf diese Welt ein. Gott ist zornig. Die Erde zittert und stöhnt.

Feiner Regen treibt durch die Maschen der Fliegengitter und sammelt sich in Lachen auf dem Fußboden. Jinghuas Beine werden naß. Die Kälte kriecht vom Betonboden in ihre Glieder, eisig, sie klappert mit den Zähnen. Sie darf hier nicht liegenbleiben, sie muß aufs Bett, irgendwie. Auf ihre Arme gestützt, beginnt sie sich vorwärts zu schleppen, jeder Ruck läßt sie vor Schmerzen aufschreien. Maotou beginnt wieder kläglich um Hilfe zu rufen und schmiegt sich an ihre Beine. „Hör auf zu maunzen, das macht mich nervös." Ihre Kräfte versagen, sie braucht jemanden, der sie aufs Bett hebt. Wie sehr bräuchte sie jetzt ein Paar kräftiger Arme. Ach, wo sind sie? Vielleicht wird der Besitzer dieser Arme in diesem Dasein nicht mehr in Jinghuas Leben treten, sie wird die Erfahrung männlich liebender Zuwendung nie machen. Vom Schicksal zur ewig rastlosen Vagabundin bestimmt, würde sie nie ein eigenes Nest besitzen. Vielleicht werden sie alle drei bis zum Tode einsam bleiben. Warum?

Vielleicht existiert eine Kluft ewigen Nichtverstehens zwischen Männern und Frauen, ähnlich der Kluft zwischen den Generationen? Eine Geschlechterkluft? Haben sich Männer und Frauen im gegenwärtigen Stadium der Menschheitsgeschichte unterschiedlich weiterentwickelt, so daß beide Seiten unfähig sind, auf der selben Ebene miteinander zu kommunizieren? Vergleichbar dem Wachstum eines Embryos im Mutterleib — die Extremitäten und das Hirn bilden sich in jeweils bestimmten Entwicklungsphasen, während derer sich das Wachstum anderer Körperteile verlangsamt oder stagniert. Wären somit die Frauen der entwickeltere und vollkommenere Teil des menschlichen Geschlechts? Du meine Güte, das liegt gewiß nicht an den Frauen, ebensowenig an den Männern. Soziale Phänomene haben ihre materiellen Ursachen immer im historischen Entwicklungsprozeß.

Letztes Jahr haben sie sich einen ausländischen Film angesehen: ,,Eine merkwürdige Frau." In Wirklichkeit war an dieser Frau überhaupt nichts merkwürdig, jeder ihrer Ansprüche an die Männer war absolut gerechtfertigt. Der Film soll in seinem Herkunftsland heftige Diskussionen ausgelöst haben und auf Unverständnis gestoßen sein. Für Jinghua dagegen war er leicht zu verstehen. Die Wünsche und Sehnsüchte der Heldin stimmen mit ihren genau überein und vermutlich mit denen der meisten denkenden Frauen, unabhängig von ethnischer Herkunft, Staatsangehörigkeit und Sprache. Die ,Geschlechterkluft' ist inzwischen ein globales Problem. In Jinghua erwacht der schöpferische Drang, auf diesem Gebiet weiterzuforschen, etwas darüber zu schreiben. Vielleicht wird Maotou diesen Artikel nicht zerfetzen, sie ist schließlich auch ein weibliches Wesen.

Nein, sie schafft es nicht mehr, sich bis zum Bett zu robben, aber das Sofa liegt in ihrer Reichweite. Sie zerrt das Badetuch herunter, das als Sofadecke dient, und stopft es sich unters Kreuz. Schon besser, nicht mehr so kalt, sie muß auf Liu Quan warten.

Bis zum Büroschluß ist es noch lange hin. Solange Maotou ruhig neben ihr liegt, hat es keinen Sinn, ungeduldig zu werden. Sobald Liu Quan ihr Fahrrad unten durchs Haustor schiebt, wird Maotou sofort zur Tür laufen. Diese unerträglichen Schmerzen! Ausgerechnet heute kommt niemand vorbei! Natürlich, draußen gießt es in Strömen.

Endlich springt Maotou wie ein Blitz aus dem Zimmer. Liu Quan? Nein, es ist Liang Qian, triefend, als wäre sie eben aus einem Fluß gestiegen. Das von ihrem Regenmantel tropfende Wasser sammelt sich zu einer Pfütze auf dem Fußboden. Jinghuas Schmerzen scheinen schlagartig nachzulassen.

„Wieso kommt du bei diesem Gewitter?"

Ohne ihren Regenmantel auszuziehen kniet Liang Qian nieder und versucht, Jinghua aufzurichten. „Was ist los? Um Himmelswillen!" Vom Regenmantel tropft es platschend auf Jinghua, Liang Qian zerrt ihn sich herunter und wirft ihn zusammengeknüllt hinter die Tür. Dann versucht sie wieder Jinghua aufs Bett zu hieven. Vergeblich!

„Leg deine Arme um meinen Hals, wir probieren's noch mal!" Liang Qian umfaßt Jinghuas Hüfte und zerrt sie mit Müh und Not aufs Bett.

Sie greift nach Jinghuas eiskalten, noch immer dreckigen Händen: „Du mußt ins Krankenhaus! Los!"

„Bei dem Wetter? Außerdem ist es nicht weiter schlimm, meine alte Geschichte. Zum Sterben zu wenig, zum Gesundwerden zu viel. In ein paar Tagen bin ich wieder auf den Beinen." Auf dem Bett fühlt sich Jinghua gleich viel wohler.

„Wie willst du diese Schmerzen aushalten? Vielleicht fällt den Ärzten ja doch etwas ein! Deine Hände zittern immer noch, ist dir kalt? Ich hol dir erst mal was Wärmeres zum Anziehen."

Liang Qian nimmt ein Baumwollhemd und eine saubere lange Unterhose aus dem Schrank. Beim Umziehen stirbt Jinghua fast vor Schmerzen.

Liang Qian will sie gerade zudecken, als sie Jinghuas rußschwarze Füße entdeckt. „Meine Güte, die können sich sehen lassen." Sie verläßt das Zimmer auf der Suche nach heißem Wasser.

„Gib's auf, es gibt kein heißes Wasser", preßt Jinghua mühsam hervor.

Liang Qian öffnet die Herdklappe, um Wasser zu kochen. Unter dem Waschbecken findet sie den Aluminiumtopf, der Deckelknopf ist ihnen schon seit längerem abhanden gekommen. Wenn das Wasser kocht, gleicht das Loch in der Deckelmitte einem Krater in Aktion. Was führen sie für ein Leben! Liang Qian findet in der Ecke einen Blumenkohl, schneidet ein Stück vom Stunk zurecht und stopft damit das Loch zu. Im Haushalt ist sie von erbärmlicher Ungeschicklichkeit. Hausarbeit raubt ihr jedes Selbstvertrauen, entweder hat sie das Gefühl, überhaupt keine Hände zu haben oder sie weiß nicht, wohin mit den überzähligen. Nachdem sie den Wassertopf glücklich auf den Herd gebracht hat, sagt sie im Bewußtsein, eine Großtat vollbracht zu haben, zu Jinghua: „Warte, ich rufe ein Taxi, wir fahren ins Krankenhaus."

„Bei dem Regen? Vergiß es!" Jinghua kann viel ertragen. Krankenhaus? Das ist nicht ihre Art, außerdem fehlt ihr dazu die Geduld. Ein Fußbad und dann warm eingepackt, dann ist sie ganz zufrieden. „Steck doch bitte den Infrarotstrahler in die Steckdose und leg ihn mir aufs Kreuz. Das genügt. Im Krankenhaus werden sie mich sowieso nicht aufnehmen, ich habe ja nicht mal Fieber. Sie verpassen mir höchstens eine Massage, ein paar Schmerztabletten und Sulfonamide, und damit ist für sie der Fall erledigt. Wozu, bei diesem Regen?"

Sie hat recht, ohne hohes Fieber, ohne in Lebensgefahr zu sein, kriegt man kaum ein Bett in der Klinik. Aber wer soll sie hier versorgen? Liu Quan betreut die amerikanische Delegation, ihr erster Auftrag, sie ist noch nicht einmal regulär versetzt, und dann gleich Urlaub? Wie sähe das aus! Aber Jinghua kann weder allein trinken noch essen, nicht einmal allein aufs Klo gehen. Bleibt nur sie selbst. Gut, daß sie mit der Nachsynchronisation des Films praktisch fertig ist, sie wartet nur noch auf die Abnahme und die Aufführungserlaubnis.

Wie eine Verrückte ist sie durch den Regen gefegt, um Jinghua und Liu Quan zur Vorführung ins Studio abzuholen. In solchen Momenten spürt sie ihre Lebenskräfte. Vorhin, als sie auf dem Motorrad unter Blitz und Donner dahinraste, verwandelte sie sich in eine Riesin; sie spürte in sich ihre Fähigkeit, mit dem Leben fertig zu werden. Dieses Erlebnis von Freiheit wird nicht allen Frauen zuteil. Oh ihr Frauen, ihr immer noch schwachen Schwestern, es genügt nicht, euch politisch und ökonomisch zu emanzipieren, eure Befreiung verlangt ungebrochenen Selbstbehauptungswillen, die selbstbewußte Verwirklichung eurer eigenen Werte.

„Was hat dich denn hergetrieben?"

„Ich wollte euch zur Abnahme des Films ins Studio einladen. Heute abend." Liang Qian fährt mit dem Infrarotstrahler über Jinghuas Hüften.

„Schade."

„Der Film läuft uns ja nicht davon. Erhol dich erstmal und mach dir nicht soviel Gedanken."

„Natürlich mach ich mir Gedanken. Es geht schließlich um deinen ‚Sohn'!"

Ja, ihr „Sohn". Als sie Chengcheng zur Welt brachte, hat sie dieses Gefühl nicht gehabt. Sie verstand damals nichts von mütterlicher Verantwortung und mütterlichen Pflichten. Chengcheng kam zu früh. Sie begriff damals weder, was es bedeutet zu lieben, noch begriff sie, worum es im Leben geht. Diesem „Sohn" hingegen hat sie bewußt und kompromißlos alles mitgegeben, woran sie glaubte. Er ist weit mehr ein Abbild ihrer selbst als Chengcheng. Die Folge der Generationen ist nur eine Weitergabe von Blutsverwandtschaften in Form einer arithmetischen Reihe. In seinem Werk dagegen lebt der Künstler selbst, kein Erbgang reproduziert den genetischen Code des Künstlers annähernd so exakt wie sein Werk. In seinem Werk ist der Künstler unsterblich. Große wie kleine, dicke wie dünne. Mag Bai Fushan sie wegwerfen wie ein aus der Mode gekommenes Kleidungsstück, mag aus Chengcheng ein Taugenichts werden, sie hat ihren Schwerpunkt gefunden.

Wenn Liang Qians Augen leuchten wie jetzt, sind sie schön wie zwei Lichter in ihrer Seele.

Es hat aufgehört zu regnen. Den Horizont überspannt ein Regenbogen. Wie vom Gewitterregen ausgewaschen, ist das Sonnenlicht gedämpfter, blasser, nicht mehr so blendend und hell. Immer langsamer tropft der Regen von der Dachtraufe, immer deutlicher hörbar platschen die einzelnen Regentropfen auf die Stufen der Eingangstreppe. Stille breitet sich aus, die Stille nach einem qualvollen Ringen.

„Schau, ein Regenbogen."

Mühsam dreht Jinghua den Kopf zum Fenster. Wie eine Brücke spannt sich der Regenbogen zwischen den beiden gegenüberliegenden Hochhäusern, als könnten die Bewohner aus ihren Fenstern direkt darüber hinweg ins Nachbargebäude spazieren. „So nah, ein Schritt und man wäre droben."

Jinghua liebt Regenbögen. Ihre Phantasien spazieren auf ihnen entlang ins Märchenparadies.

Die Luft ist feucht und frisch. Vom Regenbogen, als sei er aus einem heiligen Teich emporgetaucht, perlen noch immer die Wassertropfen.

Die Ruhe, zu der die Erde nach ihrem heftigen Ringen zurückgefunden hat, bewegt Liang Qian. Sie denkt an das, was war und was auf sie drei an Leiden und Prüfungen noch zukommen wird, was ihnen noch bevorsteht. Sie will Jinghua nicht trösten, Jinghua ist kein Kind mehr. Früher oder später wird Jinghua gelähmt und ans Bett gefesselt sein. Auch wenn sie darüber schweigt, weiß das Jinghua selbst am besten. Aber ihr Kampfeswille bleibt ungebrochen, sie wird bestimmt ihre Spuren in der Geschichte hinterlassen. Wenn die Aufsätze, die bisher nur in ihrem Kopf existieren, einmal niedergeschrieben sind, wird all denjenigen ein frischer Wind um die Nase wehen, die ihre Tage damit zubringen, die Klassiker zu paraphrasieren. Die Tauben werden wieder lernen zu hören, und die Menschen werden sich daran erinnern, wie viele unerledigte Aufgaben noch auf einen Kommunisten warten.

„Jinghua, wieso hast du wieder gehobelt? Wenn ich dich noch einmal dabei erwische, schmeiße ich deinen Hobel in den Ofen." Liang Qian klopft ihr mit dem Infrarotstrahler gegen das Kreuz.

„Hör auf, mein Kreuz zu malträtieren. Was kann ich dafür, wenn man mich nicht arbeiten läßt? Du rackerst dich ab, und der Kerl steht mit einem Knüppel in der Hand neben dir und wartet auf die Gelegenheit, dir eins überzubraten." Sie redet sich in Wut.

„Das ist seine Tragik. Diese Sorte Mensch verdient die Bezeichnung ‚Kommunist' längst nicht mehr, in ihnen glüht kein Funken mehr von vorwärtsstrebendem kommunistischem Denken. Was das heißt, haben sie längst vergessen. Vielleicht haben sie es auch nie begriffen. Weil sie vor Jahrzehnten das Wort ‚Marxismus' buchstabieren gelernt haben, halten sie sich bis heute für Experten in Sachen Marxismus. Manche unter uns verdienen sich ihr Brot auf diese Weise und schaden damit unserer Sache. Sie leben nur für ihren momentanen Nutzen, aber die Nachwelt wird sich über sie lustig machen. Sich auf die Ebene dieser Leute herabzulassen, verlangt eine gehörige Portion Selbstverachtung."

Selten wird Liang Qian so ernst, spricht sie mit dieser Überzeugungskraft. Jinghua ist bewegt. Jeder kämpft mit den Hindernissen auf seinem Weg, aber jedesmal, wenn man sie überwunden hat, ist das nächste Stück leichter zurückzulegen. Sie erinnert sich an eine Kranichart, die sie in den Wäldern des Nordostens gesehen hat. Sie haben kahle Stellen auf dem Kopf, und es heißt, daß sich diese Stellen zinnoberrot färben, wenn die Tiere ausgewachsen sind.

Auch auf ihren Köpfen werden sich eines Tages rote Stellen zeigen, und dann werden sie noch höher und weiter fliegen können.

„Was soll ich deiner Meinung nach tun?"

„Schreiben, schreiben und nochmals schreiben ... Ich möchte, daß du den Titel einer Kommunistin verdienst. Kämpfe für die Fortentwicklung der revolutionären Theorie. Hast du Erfolg, um so besser; scheiterst du, hast du wenigstens denen geholfen, die erfolgreicher sein werden als du."

„Du setzt zu große Hoffnungen in mich."

„Du schaffst es." Liang Qian blickt auf Jinghuas kleinen, mageren, von Schmerzen geschüttelten Körper, auf ihre tief eingefallenen Augen, ihre rußbedeckten Füße, auf das an Kragen und Manschetten ausgefranste Baumwollhemd. Sie muß an eine Kerze denken, deren Flamme unvermindert leuchtet, obwohl sie schon fast niedergebrannt ist. Wenn sie Jinghua jetzt zurufen würde: „Brenne nicht mehr!", worin bestünde dann noch die Existenz der Kerze? Ohne Tod kein Leben.

„Du lädst mich auf!" Wenn ihnen als Schulmädchen etwas danebenging — schlechte Noten (Liang Qian), Verweise (Jinghua) oder Mißerfolg bei der Durchführung eines Klassenkomiteebeschlusses (Liu Quan) — ‚luden sie sich gegenseitig auf'. Wie ihre Freundschaft, so hat sich auch dieser Ausdruck zwischen ihnen erhalten. Er trägt die Spuren jener Zeit, die sie geformt hat, Spuren, auf die sie stolz sind.

„Na schön, ich will's probieren." Über Jinghuas Gesicht fliegt ein Lächeln, daß Liang Qian schon seit Jahren nicht mehr an ihr gesehen hat: Das böse Lächeln des kleinen Schulmädchens, das dabei ist, einen Streich auszuhecken.

V

Alles wieder von vorn. Dieses Bettlerleben. Scheidung, Wohnungssuche, eine passende Arbeit ... Und immer wieder unterwürfig um Mitleid, Gnade und Verständnis betteln. Genau besehen hat sie auf alles, was sie verlangt, einen Anspruch! Wird Liu Quan jemals ein Leben mit geradem Rückgrat führen können, und sei es nur einen Tag, um auszukosten, was es heißt, aufrecht zu stehen? Sie ist noch nicht alt, und doch hat sie das Gefühl, ein Lebensalter in gebückter Haltung verbracht zu haben.

Schritte im Gang. Führen sie hierher? Liu Quan senkt sofort den Blick und konzentriert sich auf einen Faden am Saum ihres Kleides. Sie fürchtet sich vor diesen plötzlich außerordentlich höflichen Blicken. Aus dieser Höflichkeit spricht eine herablassende Nachsicht, als störe sie hier. Sie kommt sich vor wie ein kleiner Esel, der von ein paar Lausbuben zum Spaß auf den Golfplatz nobler Herrschaften getrieben wurde. Oder bildet sie sich das alles nur ein?

Die Schritte gehen vorbei. Wieder nichts. Liu Quan spitzt die Ohren und hofft auf neue Schritte. Waren das eben Xie Kunshengs? Wann wird er endlich Zeit finden, sie anzuhören? Zwei Stunden wartet sie nun schon, seit acht Uhr morgens. Sie hat Xie Kunsheng noch nie so beschäftigt erlebt wie gerade heute. Er kommt und geht, hebt den Telefonhörer ab, legt ihn wieder auf, mal ist belegt, mal hat er sich verwählt. Als Liu Quan endlich glaubte, einen geeigneten Augenblick gefunden zu haben und ansetzte: „Abteilungsleiter Xie ...", unterbrach er sie sofort höflich, fast um Nachsicht bittend: „Einen Augenblick, einen Augenblick, Sie sehen doch, wie beschäftigt ich bin!" Ach ja, angesichts von soviel Höflichkeit kommt man sich aufdringlich vor.

Schon richtig, er ist beschäftigt. Während der zwei Stunden, die sie hier sitzt, ging es ausschließlich um die Teilnahme am morgigen Bankett für die Delegation eines ausländischen Elektrogerätekonzerns. Sie wußte, daß man über die Liste der Teilnehmer bereits seit Tagen brütete. Sie müßte doch längst feststehen! Die Ursache dieses Tauziehens ist sowohl kompliziert wie einfach: Es ist die gleiche Situation wie bei der Unterzeichnung der Verträge mit dem Kaiserhof nach der Besetzung Pekings durch die acht Alliierten im Boxeraufstand: Alle bestanden auf absolut gleichberechtigter Wahrnehmung ihrer Interessen. Ingenieur X und Abteilungsleiter Y haben bereits an soundsoviel Banketten teilgenommen, Ingenieur A und Abteilungsleiter B sind dagegen bisher zu kurz gekommen; peinlich ist nur, daß sich niemand genau erinnern kann, wer wie oft an Banketten teilgenommen hat. Fest steht allein eins: Xie Kunsheng ist als Hauptstütze der Mannschaft bei jedem Spiel dabei.

Liu Quan ist schließlich nur wegen einer Privatangelegenheit hier, die hinter einer außenpolitischen Staatsaktion von solchem Rang zurückzustehen hat. Sie wartet also. Etwas anderes gibt es für sie ja auch nicht mehr zu tun.

Sie fährt sich mechanisch über die Falten ihres fliederfarbenen Seidenkleides. Das ist immerhin besser als gar nichts tun, es beruhigt. Sie kommt sich vor wie eine Schauspielerin, die eben die Bühne verlassen und noch keine Zeit gehabt hat, das Kostüm auszuziehen. Das Kleid ist ein Geschenk Liang Qians, und der diesjährigen internationalen Mode folgend weit geschnitten, mit einem schmalen Gürtel in der Farbe des Kleides. Die weißen Schuhe mit halbhohen Absätzen hat ihr Jinghua vermacht; kaum zu glauben, daß sie derlei weibliche Luxusartikel kauft. Liu Quan hat sich mit ihrem Aussehen große Mühe gegeben. Ein Ausdruck der neu aufgekeimten Hoffnung auf ein neues Leben und eine neue Arbeit. Im Grunde sind sie, wie oft sie sich auch den Schädel eingerannt haben, naiv geblieben. So einfach geht es in der Welt nicht zu. Sich selbst und anderen zu Nutz und Frommen pflegte Liu Quans Großmutter ihre Weltkenntnis in folgendem Satz zusammenzufassen: „Im menschlichen Leben muß man durch neun mal neun Leiden gehen. Da heißt es, seine Feueraugen[20] schärfen. Sonst bringt man es nicht so weit!"

Deshalb ist sie mit einundachtzig noch immer jung und rüstig. Sie war innerlich gewappnet, wie an einem Puffer prallten sämtliche Gefahren von ihr ab.

„Lao Xie, Lao Xie!"

Xie Kunsheng ist noch immer nicht zurück. Zhu Zhenxiang sieht Liu Quan noch immer bedrückt in

Xies Büro sitzen. Wie vorhin steht sie bei seinem Eintreten befangen auf und lächelt höflich und gezwungen, so als hätten sie sich erst jetzt und nicht schon ein paar Minuten zuvor gesehen.

„Abteilungsleiter Xie war kurz da und ist gleich wieder fort. Ist es dringend? Soll ich ihm etwas ausrichten, ich muß sowieso hier auf ihn warten."

Ihr Lächeln bedrückt Zhu Zhenxiang. So als befände er sich auf einer erlesenen Party, eleganter Anzug, geschliffenes Weinglas in der Hand, mit Freunden gepflegte Witze austauschend, und jemand überreicht ihm ein Telegramm, das ihm mitteilt, daß ein Untergebener auf einer Dienstreise einen schweren Autounfall erlitten hat.

Ihm wäre wohler, wenn sie nicht lächelte.

Offensichtlich hat sie etwas auf dem Herzen, braucht sie Hilfe, und zwar rasch, sonst würde sie nicht hier herumsitzen, geduldig und betreten, wie ein ältliches Fräulein aus besserer, aber heruntergekommener Familie, das sich plötzlich vor der peinlichen Notwendigkeit sieht, ihr zurückgezogenes Dasein aufzugeben und um Arbeit nachzusuchen.

Er weiß zwar nichts Näheres über Liu Quan, doch in den zwanzig Tagen, in denen sie die amerikanische Delegation betreute, hat sie auf ihn den Eindruck einer Person mit Selbstachtung gemacht. Eine typische Hochschulabsolventin der fünfziger und sechziger Jahre, qualifiziert, effizient und sorgfältig, hält Dienstliches und Privates strikt auseinander.

Da hat man nun den neuen internationalen Flughafen gebaut, um dem rasch zunehmenden Verkehr mit dem Ausland Rechnung zu tragen. Aber die Abfertigung funktioniert noch immer schleppend, der Service ist mangelhaft. Neulich mußte eine Delegation eine halbe Stunde am Flughafen warten, weil die Gepäckkarren nicht ausreichten. Liu Quan schlug vor, die Dolmetscher sollten den Karren einer anderen Delegation folgen und sie übernehmen, sobald sie frei würden. Eine gute Idee, aber sie stieß nicht auf ungeteilte Freude. Ein Weg von einigen wenigen Schritten, aber manche machten ein Gesicht, als habe man von ihnen verlangt, zehn Yuan aus eigener Tasche zu spendieren.

Zhu Zhenxiang registrierte, wie sich Qian Xiuying unwillig von einer Vitrine abwandte, vor der sie sich kokett gedreht hatte. Weil sie sich die Taille zu eng geschnürt hatte, verschoben sich die Fettpolster an ihrer Hüfte zum Bauch, der sich unter dem grellbunten Kleid hervorwölbte. Sie sah aus wie ein schwangerer Schmetterling.

Qian Xiuying liebt Örtlichkeiten, wo sie sich spiegeln kann. Neben Spiegeln gehören dazu die Fensterscheiben von Büros, Hotels, Restaurants und Autos.

Es war offensichtlich, daß ihr Liu Quans Vorschlag gegen den Strich ging. Der Blick, den sie Xie Kunsheng zuwarf, anmaßend und mit unwiderstehlicher Autorität, verriet ihre Gedanken: Du bist schuld, wo hast du diese Hexe aufgegabelt, die hier anschaffen möchte!

Xie Kunsheng beunruhigt Zhu Zhenxiang, aber er fühlt sich machtlos. Zwar ist er Direktor des Büros für Auswärtige Angelegenheiten und Xie Kunsheng nur Abteilungsleiter, aber Xie verfügt über funktionierende Verbindungen.

Nur wenige der zahlreichen Dolmetscher des Amtes

sind ihrer Aufgabe gewachsen. Wenn es darauf ankommt, müssen Kräfte von anderen Institutionen „ausgeliehen" werden. Dieser Mißstand sollte längst behoben sein, doch diese Festung ist schwer zu knakken. Ohnmächtig muß sich Zhu Zhenxiang mitanhören, wie Qian Xiuying vor ausländischen Gästen den Kaiser Chongzhen aus der Ming- in die Qing-Dynastie verlegt. Sie versetzen lassen? Xie Kunsheng würde ein Riesentheater veranstalten. Frauen sind aber auch zu sonderbare Wesen. Diese Liu Quan zum Beispiel — im Aussehen, bei der Arbeit, im menschlichen Bereich —, in allen Punkten ist sie Qian Xiuying überlegen, trotzdem sitzt sie da wie ein verschrecktes Kaninchen. Keine Spur mehr von dem Selbstvertrauen, das sie bei der Arbeit gezeigt hat. Als ein hoher Funktionär vor ein paar Tagen einen Dolmetscher für ein Abschiedsbankett anforderte, verkrochen sich all die Großmäuler, so daß der Neuling ranmußte. Zhu Zhenxiang war besorgt, doch der Abend verlief bestens. Seinen Abschiedstoast beendete der Funktionär mit ein paar witzigen Worten, die Amerikaner lachten schallend, offensichtlich hatten sie die Pointe verstanden. Beim Auseinandergehen prostete der Funktionär Liu Quan zu: „Sie haben gute Arbeit geleistet, vielen Dank!"

Liu Quan nippte an ihrem Glas und lächelte. Das Lächeln einer intelligenten Frau, die sich ihrer Intelligenz bewußt ist. Ein Lächeln, das jedem anständigen Mann Respekt abnötigt.

Die vor ihm sitzende Liu Quan hat mit jener, die er auf dem Bankett erlebt hat, so gut wie keine Ähnlichkeit. Sie erinnert an ein vernachlässigtes, ramponiertes

Gemälde, von Würmern und Motten zernagt, von schädlichen Witterungseinflüssen und Säuren zerfressen. Ein Anblick, der Zhu Zhenxiang bekümmert. Etwas zu ruinieren ist so viel leichter, als etwas Neues zu schaffen. Daß es unbewußt oder aus Nachlässigkeit geschehen ist, macht die Sache nicht besser.

Wo drückt sie der Schuh? Liu Quan ist nicht zu ihm gekommen. Er kann sich im übrigen nicht um jeden Kleinkram kümmern. Schon seine eigene Arbeit wächst ihm über den Kopf.

„Danke, ich muß ihn persönlich sprechen."

Auf der Teilnehmerliste der Delegation für die Englandreise ist ein rätselhafter Name aufgetaucht, der Name einer Person, für die überhaupt keine Einladung vorliegt. Aus welcher Abteilung? Welche Fachrichtung? Zhu Zhenxiang tappt im Dunkeln, er will bei Xie Kunsheng nachfragen. Derlei macht man besser nicht über Dritte.

Aus dem Flur schallt Xie Kunshengs Stimme: „Alles klar. Sollten Probleme auftreten, übernehme ich die Verantwortung." Xie Kunsheng wie er leibt und lebt. Wo immer er auftritt, ist er der Chef. Na ja, vielleicht würde vieles ohne Leute wie ihn nicht laufen. Zeit und Umstände schaffen sich den Menschentyp, den Zeit und Umstände verlangen.

Wo er geht und steht hält Xie Kunsheng zwischen den Fingern ein beinernes Mundstück mit eingravierten Landschaften im Stil chinesischer Malerei. Im Mundstück immer eine brennende Zigarette. Sein Anzug verrät einen erstklassigen Schneider — „Rote Hauptstadt" oder „Blauer Himmel". Heutzutage gibt sogar die Herkunft der Kleidung Auskunft über die

Position ihres Trägers. Seine changierende Sonnenbrille nimmt er vermutlich nur zum Schlafen ab. Keine importierte Sonnenbrille, das würde sich mit seiner Position als Bürochef nicht vertragen. Doch in Zhu Zhenxiangs Augen wirkt Xie Kunshengs Eleganz geliehen, wie die Hochzeitsgarderoben, die sich Brautpaare in Fotostudios für das Hochzeitsfoto ausleihen. Sogar sein kultiviertes Benehmen ist das antrainierte Resultat langjähriger Arbeit im Auswärtigen Sektor. Zhu Zhenxiang verläßt sich auf sein Gefühl. Er weiß, daß sich der wahre Charakter eines Menschen nicht immer auf Anhieb zu erkennen gibt, aber es gibt ein untrügliches Merkmal, ein Guckloch, das den Blick auch auf die mühsam kaschierten ordinären Seiten eines Menschen freigibt: Die Art von Personen des anderen Geschlechts, für die sich jemand interessiert.

„Ich wollte etwas mit dir besprechen, aber die Genossin Liu Quan sitzt hier schon eine Ewigkeit. Meine Angelegenheit kann warten."

Liu Quan ist aufgestanden, wieder mit diesem gezwungenen, unechten Lächeln. Mit diesem Lächeln zieht sie sofort einen Trennungsstrich zwischen sich und ihrem Gegenüber. Auf dieser Seite der kleine Bürokrat, mit seinem dröhnenden Gelächter, dem man so oft in Filmen oder Romanen begegnet. Auf jener Seite der beflissene Untergebene, wie Tschechov ihn in seiner Erzählung „Der kleine Angestellte" porträtiert hat. Wird auf dieser Seite einmal gehustet, spekuliert man auf der anderen drei Tage, was dieses Husten zu bedeuten hat.

Liu Quan verhält sich ungeschickt. Qian Xiuying würde anders lächeln. Das macht den Unterschied zwischen ihnen beiden aus. Qian Xiuying vergißt nie, daß sie eine Frau ist, Liu Quan vergißt es zu oft.

Auf Xie Kunshengs Gesicht ruft Zhu Zhenxiangs Intervention geheuchelte Zuvorkommenheit hervor; während er sich den Anschein konzentriertester Aufmerksamkeit gibt, wandern seine Hände ununterbrochen über die Papiere auf seinem Schreibtisch, legen sie völlig sinnlos von rechts nach links, dann wieder von links nach rechts. Anschließend zieht er der Reihe nach sämtliche Schubladen auf, wühlt darin herum, findet nichts und schließt sie wieder. Keinen Moment verliert sich dabei sein heuchlerisches, zuvorkommendes Lächeln.

Schmierentheater! Oder böse Absicht. Das geht entschieden zu weit, einfach eine Unverschämtheit! Zhu Zhenxiang kann es nicht mehr mit ansehen. Hält sich dieser Abteilungsleiter für den Mandarin eines Kreisyamens?[21]

„Genossin Liu, sagen Sie, was Sie auf dem Herzen haben!" Zhu Zenxiang möchte ihr einen hilfreichen Schubs geben.

Liu Quan wird ein klein wenig rot. Zhu Zhenxiangs Mitgefühl und Xie Kunshengs geheuchelte Höflichkeit machen ihr gleichermaßen deutlich, in welch beschämender Lage sie sich befindet. Hoffnungslos, selbst wenn sie tausendmal mehr Stolz und Selbstachtung besäße. ‚Das Herz schlägt höher als der Himmel, doch das Schicksal ist dünner als Papier', sagt das Sprichwort. Warum trifft es gerade sie?

Vorgestern nachmittag wollte sie im Verpflegungsbüro Essensmarken für die Kantine kaufen. Auf die Frage nach ihrer Arbeitseinheit gab sie das Büro für

Auswärtige Angelegenheiten an. Als man ihren Namen in der Personalliste nicht fand, erklärte sie, sie sei leihweise hier tätig, worauf man ihr mitteilte, ‚ausgeliehene' Mitarbeiter müßten sich ihre Essensmarken über reguläre Angestellte des Büros besorgen. Liu Quan bat Qian Xiuying um Hilfe. „Ach du meine Güte, ich habe keine Ahnung, wo das Verpflegungsbüro liegt, ich lasse mir meine Marken immer besorgen. Aber ich kann dir natürlich behilflich sein."

Offenkundig dachte Qian Xiuying dabei an die ritterlichen Kavaliere, die ihr diesen kleinen Gefälligkeitsdienst erwiesen. Selbstgefällig strich sie mit dem Handrücken ihr langes Haar nach hinten, warf es über die Schulter.

Also doch? Diese Halbherzigkeit, dieses offensichtliche Abschieben. Liu Quan fühlt, daß sie ausgespielt hat. Niemand ist mehr gezwungen, ihre Existenz zur Kenntnis zu nehmen, als wäre sie ein Kiesel am Wegesrand, gefühllos und stumm, auf dem man achtlos herumtreten kann, ohne sich zu fragen, ob man ihm weh tut!

Während ihres Arbeitsdienstes in der Kaderschule galt Liu Quans Mitgefühl einem grauen Eselchen. Seine Beine waren so dünn, daß man glauben konnte, sie zwischen den Fingern zerbrechen zu können. Sie zitterten, wenn es den Wagen bergaufziehen mußte; Liu Quan schob mit, so gut sie konnte. Das Eselchen schien ihr Mitgefühl wahrzunehmen; mit großen, schönen Augen blickte es sie ruhig und zahm an, wenn sie ihm den Hals klopfte. Spöttisch nannte man sie die ‚Asinistin'. Sie bräuchte jetzt ein wenig Wärme, schon ein bißchen ‚Asinität' wäre genug. Jinghua sollte aufhören, diese Artikel zu schreiben, für die sie doch nur Kritik erntet. Von der Liebe zu Eseln zu reden ist gefahrloser. Sie wird ihr vorschlagen, in Zukunft nicht mehr über Menschen zu schreiben, Hunde und Flöhe sind bessere Themen.

„Ich habe dir Essensmarken für drei Yuan besorgt, wenn du die verbraucht hast, sehen wir weiter!" Mit dieser hintersinnigen Bemerkung überreichte Qian Xiuying Liu Quan die Coupons und die übriggebliebenen zwölf Yuan.

Es war klar, daß man sie loswerden wollte. Wenn Qian Xiuying nicht willens gewesen wäre, die Marken für Liu Quan zu besorgen, hätte sie ihr das direkt sagen können. Woher nimmt sie sich das Recht, nur für drei Yuan Marken zu besorgen? Als sei sie Liu Quans Vormund.

Später verlangte Liu Quan einen Bürotisch. Mit schuldbewußtem Lächeln, ohne sie dabei anzusehen, erklärte ihr der Ressortleiter: „Sie müssen sich etwas gedulden. Das Büro ist so voll, daß kein weiterer Tisch mehr hineinpaßt. Sie können vorerst meinen Tisch mitbenutzen, ich räume Ihnen ein paar Schubladen leer, in Ordnung?"

Das alles passierte vorgestern nachmittag. Die amerikanische Delegation war verabschiedet, und mit ein bißchen gutem Willen wäre endlich Zeit gewesen, die nötigen Arbeitsbedingungen für Liu Quan zu schaffen. An diesem Nachmittag schien Qian Xiuying besonders gut gelaunt zu sein. Triumphierend giggelte und kicherte sie am anderen Ende des Zimmers. „Ihr habt nichts aus ihm rausholen können, ich hab's auf Anhieb geschafft. Zehn Yuan! Was sagt ihr nun?" Da-

bei wedelte sie mit der Banknote in ihrer Hand, das Papier knisterte, es mußte ein druckfrischer Schein sein. Das Opfer dieser ‚Rausholaktion' hing offenbar an seinem Hab und Gut, doch für die ‚unsterbliche' Qian Xiuying hatte er es hingegeben. Im Tonfall einer großherzigen Gönnerin: „Sagt, was wollt ihr essen?"
...
„Wie bitte, reserviert für die Leitung? Das ist mir egal, ich nehme jedenfalls eine Karte, mit dem Rest könnt ihr machen, was ihr wollt."
...
Verglichen mit einer Versagerin wie Liu Quan hat Qian Xiuying allen Grund, stolz zu sein. Jedermann folgt ihren Anweisungen, man betrachtet es geradezu als eine Ehre. Qian Xiuying ist unsterblich.

Liu Quan hat das Gefühl, daß Qian Xiuying über alles, was sie sagt und tut, genau im Bilde ist. Als hätte sie ein drittes Auge am Hinterkopf, außerdem drei Ohren, zwei für ihren jeweiligen Gesprächspartner, ein drittes speziell für Liu Quan.

Damals hatte sich Liu Quan weiter keine Gedanken gemacht. Erst als man ihr gestern vormittag mitteilte, ihre Aufgabe sei erfüllt, die Leihversetzung zu Ende, man bedanke sich für ihre Hilfe, sie solle ein paar Tage ausruhen und anschließend in ihre alte Einheit zurückkehren, fiel es ihr wie Schuppen von den Augen. So war das also! Das Gefühl, gedemütigt und betrogen worden zu sein, trieb ihr die Tränen in die Augen. Doch begriff sie instinktiv, daß sie vor Qian Xiuying nicht weinen durfte. Wo dann? Andere Frauen können sich in die Arme ihrer Männer werfen und sich an deren breiter Brust ausheulen, sich von ihnen mit

Trostworten und Liebkosungen beruhigen lassen. Sie nicht. Ihr blieb nur die Toilette. Hinter der verriegelten kleinen Holztür weinte sie lange und still. Ihren Ekel vor dem Gestank unterdrückend, mit Blick auf die verdreckte Klosettschüssel, die verschmierte Holztür, den umgekippten Müllkorb, das ringsum verstreute, schmutzige Toilettenpapier.

Zum Glück rann die Spülung, das Geplätscher übertönte ihr Schluchzen; zum Glück gab es einen Ort, den man gelegentlich unabdingbar aufsuchen mußte, ohne aufzufallen. Als wäre er speziell für sie geschaffen worden.

Sie hörte andere kommen und gehen. Auch Qian Xiuying kam herein, anscheinend war es sogar sie, die an Liu Quans Tür rüttelte.

Sie hörte, wie jemand Qian Xiuying ansprach: „Woher hast du die tollen Sandalen? Wieviel haben die gekostet?" Betont geringschätzig antwortete Qian Xiuying: „Was soll daran toll sein? Hat mir mein Alter von einer Dienstreise nach Shanghai mitgebracht. Über zwanzig Yuan! So schmeißt er das Geld raus! Jedesmal schleppt er mir irgendwelchen Kram an. Ich finde sie unmöglich, aber wenn ich sie nicht trage, tut es mir um das Geld leid. Wie oft sage ich ihm: ‚Laß das, ich brauche das Zeug nicht', aber er hört ja nicht auf mich. Mir geht's schon auf die Nerven." Liu Quan konnte sich vorstellen, wie sich Qian Xiuyings Mund, groß wie der eines Nilpferdes, bei diesen Worten kokett verzog.

„Tss tss, dir geht es auf die Nerven! Wie viele Männer gibt es heutzutage noch, die ihre Frauen verwöhnen."

„Ich brauch das nicht!" Das sollte wegwerfend klingen, doch die Befriedigung, vom Ehemann derart verwöhnt zu werden, quoll ihr aus allen Poren.

Die schiere weibliche Oberflächlichkeit, das weiß Liu Quan, aber sie sehnt sich aus vollem Herzen nach dieser oberflächlichen Befriedigung. Sie wünscht sich, sie könnte auch einmal so daherreden. Ihre weißen Lederschuhe mit den halbhohen Absätzen sind auch sehr hübsch, aber sie sind ein Geschenk Jinghuas. Das ist letztlich doch etwas anderes.

Liu Quan erinnert sich an ihren Exmann. Sie bereut nichts.

Er hatte eine breite Brust, die sie vor Wind und Regen hätte beschützen können. Zu Beginn der ‚Kulturrevolution' wurde ihr Vater über Nacht zum ‚Agenten des Auslands', weil er in England studiert hatte. Wie gern hätte sie sich nach einem Tag nutzloser Herumrennerei für die Rehabilitierung ihres Vaters an diese Brust gelehnt und von der Kaltherzigkeit und den erlittenen Demütigungen erzählt; wie sehr hätte sie gewünscht, daß diese Brust eine grüne Wiese wäre, auf der sie sich ausstrecken könnte. Aber er stank nach Schnaps und zwang sie, ‚Liebe zu machen'. Damals war er der kleine Häuptling einer Rotgardistenfraktion, voller Ambitionen, und glaubte fest an seinen meteorhaften Aufstieg. Zu früh war er das Opfer seiner absurden Träume geworden.

Als hätte er bei ihrer Hochzeit einen Kaufvertrag für sämtliche folgenden Nächte abgeschlossen. Er hätte sich sonst wohl betrogen gefühlt.

Liu Quan hatte Angst vor der Nacht. Jeder Abend war eine furchtbare, unentrinnbare Falle. Bei Einbruch der Dämmerung überfiel sie regelmäßig ein Frösteln, als habe sie eine ansteckende Krankheit. Sie hätte am liebsten die langsam untergehende Sonne mit beiden Händen festgehalten, um das Näherrücken der Nacht zu verhindern. Wenn es soweit war, packte er sie brutal: „Was ist, bist du nun meine Frau oder nicht?"

Diese Frage hätte eigentlich Liu Quan stellen müssen, denn für ihn war sie offenbar ein Stück fleischgewordener Sex, keine Ehefrau. Wann wird mit diesem Überrest weiblicher Sklaverei aufgeräumt werden?

Liu Quans Lage wird nach der Rückkehr an ihren alten Arbeitsplatz noch schwieriger sein als zuvor. In ihren Ohren klingt bereits das trockene, schadenfrohe Lachen Direktor Weis.

Warum nur? Sie findet keine Antwort darauf. Was hat sie falsch gemacht? Manchmal wird man auf diese unbegreifliche Weise erledigt. Keine Begründung, keine Erklärung. Ist das gerecht? Jetzt steht sie da wie eine entlassene Dienstmagd, die bei ihrem Herrn um Gnade bettelt.

Liu Quan merkt genau, daß Xie Kunsheng innerlich über sie lacht. Am liebsten würde sie voll gerechter Empörung alles hinwerfen und erhobenen Hauptes den Raum verlassen. Oder das Tintenfaß auf Xie Kunshengs Schreibtisch zu Boden schmettern, so daß die Tinte in alle Richtungen spritzt, in Xie Kunshengs Gesicht, auf seinen Körper. Um Gotteswillen, nur das nicht! Einen Augenblick vergißt sie, warum sie gekommen ist, ihr ganzes Denken ist beherrscht von der Unterdrückung und Gegenunterdrückung ihrer Erregung. Leicht zu begreifen, wie Wahnvorstellungen zustandekommen.

In Wahrheit hat Zhu Zhenxiang Liu Quans Lage nicht im geringsten erleichtert. Und doch hat er mit seinen hingeworfenen Worten ihre Sympathie gewonnen. Es ist so leicht, Sympathie zu erringen. Ist Liu Quan naiv? Wie eine kaputte Waage ist ein Herz, das nichts anderes mehr kennt als Leid, nicht mehr fähig, abzuwägen. Es ist fähig zu sehr bösen wie zu sehr guten Regungen.

Diese Sympathie macht es für Liu Quan noch schwieriger, den Mund aufzumachen: „Es geht um ein paar Probleme bei meiner Arbeit ..."

Zhu Zhenxiang spürt Liu Quans Selbstachtung. Um ihr das Sprechen zu erleichtern, zieht er sich besser zurück, auch wenn es sich nach ihren Worten nur um Arbeitsprobleme handelt.

Xie Kunsheng merkt, daß er den Bogen überspannt hat. Obwohl sich Zhu Zhenxiang mit keinem Wort, nicht einmal mit einer Andeutung zu seinem unmöglichen Benehmen geäußert hat. „Direktor Zhu, ich komme gleich bei Ihnen vorbei, es wird hier nicht lange dauern."

Um Xie Kunsheng einen Vorwand zu nehmen, Liu Quan holterdipolter abzufertigen, sagt Zhu Zhenxiang hastig: „Es eilt nicht, es eilt gar nicht, ich habe noch genug anderes zu tun." Dann wendet er sich an Liu Quan, als wolle er sie ermutigen: „Lassen Sie sich ruhig Zeit."

Liu Quan möchte sich bedanken, doch ihre Zunge ist gelähmt, sie bringt kein Wort heraus. Nur innerlich lächelt sie ihm dankbar zu. Sie ist überzeugt, daß er dieses Lächeln sieht. Kein Augenpaar ist wie das andere; die Pupillen eines Menschen sind fest mit seinem Herzen verwachsen, ihre Wahrnehmungsfähigkeit unterliegt nur den Grenzen, die das Herz ihnen setzt.

In den drei Wochen ihres Hierseins hatte Liu Quan wenig Kontakt mit Zhu Zhenxiang. Er machte auf sie den Eindruck eines kompetenten Bürokraten. Nun entdeckt sie in ihm einen Seelenverwandten, glaubt sie, unter seiner indifferenten Schale ein warm pochendes Herz erspäht zu haben.

Xie Kunsheng macht ein offizielles Gesicht und fragt: „Haben Sie etwas mit mir zu besprechen?"

Dummes Gerede. Wichtigtuerei, würde sie sonst hier über zwei Stunden auf ihn warten? Außerdem weiß er haargenau, warum sie gekommen ist.

„Ja."

„Gut, reden Sie!" Xie Kunsheng reißt den Mund auf und gähnt, greift nach der Zeitung und überfliegt die Überschriften.

„Der Ressortleiter hat mich kurz informiert, daß diese spezielle Aufgabe beendet ist, er danke mir für die Unterstützung des Büros für Auswärtige Angelegenheiten, ich solle in meine ursprüngliche Einheit zurückkehren."

„Ja, das stimmt." Xie Kunsheng raschelt mit dem Papier.

„Aber Sie hatten mir und meiner Einheit persönlich versprochen, daß der Versetzungsbescheid folgen wird, man benötige mich hier dringend."

„Habe ich das gesagt?" erstaunt zieht Xie Kunsheng die Brauen hoch.

‚Selbst'-Fragesatz, erste Person Singular. Dieser Satztyp ist zur Zeit Mode.

„Sie haben das gesagt. Was soll ich jetzt meinen Vorgesetzten sagen? Habe ich versagt, Fehler begangen? Haben Sie daran gedacht, in was für eine Lage Sie mich bringen?"

„Tja, die Situation ändert sich laufend." Er überlegt eine Weile und schlägt dann großzügig vor: „Also, ich werde bei Ihrer Einheit anrufen und den Fall erklären, was meinen Sie?"

Xie Kunsheng ist von seinem Vorschlag gerührt, für einen Moment fühlt er sich heroisch. Selbst um solche Kleinigkeiten kümmert er sich persönlich.

„Nicht nötig, danke. Das Problem, um das es momentan geht, ist, ob Sie ihr Wort halten."

Xie Kunshengs Gesicht verfärbt sich. Sie weist seine Gnade zurück! Er wirft die Zeitung beiseite: „Darüber habe ich nicht allein zu entscheiden. Es ist ein Beschluß des Parteikomitees aufgrund gründlicher gemeinsamer Diskussion." Der Ausdruck auf seinem Gesicht besagt: „Tu, was du willst." Was soll sie tun? „Entschluß nach gründlicher, gemeinsamer Diskussion" ist ein Zauberspruch, der dir alle Waffen aus der Hand schlägt. Eine an sich gute und richtige Sache wird heutzutage als Trick benutzt, um alle Verantwortung von sich abzuwälzen. Etwas Glitschiges, Undefinierbares, Unfaßbares, nirgends eine Stelle, an der man hineinbeißen könnte. Mit einem einzigen Satz wird Liu Quan fortgespült.

Sie ist sofort stumm.

Liang Qian hat Liu Quan gesagt, daß sie am Eingang des Theaters auf sie warten soll. Liang Qian wählt mit Vorliebe ausgefallene Plätze für ihre Rendez-vous. Als sie noch mit Bai Fushan verlobt war, soll sie ihn einmal zum Eingang des öffentlichen WCs an der Xidan-Allee bestellt haben.

Schon haben sie ein paar junge Burschen, ein Bündel Jiao-Scheine in der Hand, gefragt: „Noch Karten übrig?" Die Haare schulterlang wie Frauen, die Hosen spannen überm Hintern, so daß ihre Besitzer Schwierigkeiten haben werden, sich niederzuhocken, der Hosenbund reicht gerade bis zum Bauchnabel. Offenbar glauben sie, Liu Quan sei vom gleichen Wunsch nach Amüsement hergetrieben worden, wie sie selbst.

Liu Quan dreht sich um und steht vor einem Filmplakat: Die herzzerreißend traurige Marguerite Gautier, in einem bodenlangen Rock mit enger Taille. Irgend jemand hat ihr eine Brille, einen Vollbart und ein Schwert in der Hand aufgemalt. Nun, warum sollen sie alle ein Schwert in die Hand nehmen und sich einen Vollbart wachsen lassen? Vielleicht wollte der Maler ausdrücken, es sei besser, ins Mittelalter zurückzukehren und sämtliche Komplikationen durch ritterliche Duelle zu lösen, edel und ehrenhaft zu siegen, edel und ehrenhaft zu unterliegen.

Das schwere Gemüsenetz schneidet in die Finger. Sie wechselt die Hand. Ein paar blaßgrüne Bohnen fallen durch die Maschen auf die Erde. Liu Quan sammelt sie auf, der junge Marktaufseher, mit dem sie beim Einkaufen zusammengestoßen ist, kommt ihr wieder in den Sinn. Eine Schande! Ohne ein Wort zu sagen, griff er sich ein Bündel Bohnen und verschwand. Ohne zu zahlen. Der alte Bauer schaute zu und muckste sich nicht. Den Schneid, für ein paar Fen sein Leben aufs Spiel zu setzen, hatte man ihm wohl längst abgekauft.

Liu Quan fragte ihn: „Warum zahlt er nicht? Ein Bekannter?"

Der Alte lächelte bitter: „Ach woher denn! Der ist nun mal so."

„Warum verlangen Sie es nicht von ihm?"

„Wie denn, das ist doch sein Revier."

Liu Quan fand die kleine Bude des Aufsehers am Ostende des Marktes. Auf dem Tisch lagen in Haufen frische Tomaten, Bohnen, Paprika, Eier ... das reinste Stilleben. Aber was davon war bezahlt?

Der junge Mann nagte gerade an einer Tomate. Hellroter Saft lief ihm über den Flaum seines Milchbartes, der um seine Mundwinkel sprießte. Schweigend wartete Liu Quan und betrachtete ihn: Gewachsen wie ein junger Gott, an den Schultern, wie aus Bronze gegossen, wölbten sich prachtvolle Muskeln. Alle Anlagen zu einem himmelstürmenden, jugendlichen Heroen, doch wurde er unter diesen Tomaten, Bohnen und Paprikas begraben.

Er nahm keine Notiz von Liu Quan, aß schlürfend seine Tomate zu Ende und schleuderte den Rest zur Tür hinaus, direkt auf die frisch gewaschene Bluse eines jungen Mädchens.

„Unverschämtheit!" Das Mädchen rieb sich hektisch die Bluse.

„Arschloch!" gab er ungerührt zurück, in dem er sich den Saft abschüttelte und die Hände am Türrahmen abwischte. Das Mädchen hatte gegen ihn keine Chance. Er sah zu, wie sie erbittert davonging, drehte sich um und fragte: „Zu wem wollen Sie?"

„Zu Ihnen."

„Und warum?"

„Warum haben Sie eben die Bohnen nicht bezahlt?"

„Wer sagt denn das?" Keine Spur von Aufregung oder Ärger. Der abgebrühte Junge vom Scheitel bis zur Sohle.

„Ich. Ich habe daneben gestanden und gesehen, daß Sie nicht bezahlt haben." Liu Quan hatte plötzlich das Gefühl, sich aufzurichten. Zu irgend etwas war sie also doch noch nütze.

„Wer sagt denn, daß ich nicht zahle. Ich hatte gerade kein Geld dabei." Er klopfte sich gegen das Leibchen über seiner Brust. Taschen hatte es keine. „Ich bring's nachher vorbei."

Liu Quan wußte nicht mehr, was sie sagen sollte. Äußerlich war alles in Ordnung, der Bursche hatte sich geschickt aus der Affäre gezogen. Aber natürlich war etwas faul an der Sache. Worüber entrüstete sie sich? Neben dem geölten Mundwerk des Burschen wirkte sie tolpatschig.

„Nachher wollen Sie zahlen? Und wer wird es mitkriegen? Gesehen hat man nur, daß Sie nicht gezahlt haben. Das hinterläßt einen schlechten Eindruck. Wenn Sie nicht diese Stelle hätten, wäre das Ihre Sache. Aber Sie vertreten jetzt den Staat. Wie wollen Sie Spekulanten und Wucherern das Handwerk legen, wenn Sie als erster gegen das Gesetz verstoßen? Was sollen die Bauern denken? Für die heißen Sie weder Zhang noch Li, für die heißen Sie ‚Staat'. Sie müssen diesem Namen Ehre machen!" Nein, diese ganze Suada brachte nicht zum Ausdruck, was sie meinte.

„Wer sind Sie denn überhaupt?" fragte der Bursche mit vergnügtem Grinsen, als habe er eben einem Jahrmarktschreier zugehört.

„Ich bin Reporterin!" Liu Quan log mit bestem Gewissen. „Speziell zuständig für Berichte über die freien Märkte hier in der Umgebung. Sollten derlei Fälle wieder vorkommen, werde ich das nach oben melden."

Hoffnungslos, sie wird sich nie ändern. Es brennt lichterloh im eigenen Hinterhof, und sie kümmert sich um die Angelegenheiten anderer Leute.

Wer kümmert sich um sie?

Und wer kümmert sich um diejenigen, die sie ungerecht behandelt und grundlos gedemütigt haben?

Sie wurde sogar abergläubisch. Wenn das junge Mädchen mit dem roten Rock beim Überqueren der Straße nicht zurückschaut, geht die Sache gut aus. Liu Quan hielt den Atem an, als hinge ihr ganzes Schicksal an dieser bedeutungslosen Bewegung. Mein Gott, wie albern ist sie geworden, wie eine ungebildete, alte Bauersfrau. Irgend jemand hat mal gesagt, Aberglaube sei eine Folge von Hoffnungslosigkeit. Sie fröstelt, bei 39 Grad im Schatten.

Sie ist klitschnaß, der Schweiß rinnt ihr ununterbrochen über Brust und Rücken, ein Gefühl wie kribbelnde Ameisen. Regungslos die Blätter, kein Windhauch. Selbst die Kühle im Schatten der Bäume scheint sich unter dem Anprall der Hitze zu verdünnen und zu schrumpfen. Dieser Sommer ist außergewöhnlich heiß, überall hört man von Hitzschlägen. Ganz soweit ist es mit Liang Qian wohl noch nicht, aber daß sie vor Wut ohnmächtig geworden ist, ist bei ihrem Temperament ohne weiteres möglich. Gott sei Dank hat sie ihren alten Herrn. Hinter dem Gesicht des Mönches sieht man das Gesicht Buddhas, keiner treibt es im Umgang mit ihr auf die Spitze. Welche Nachricht wird Liang Qian mitbringen? Glück oder Unglück?

Ein Fleckchen unberührter Erde, noch nicht verunreinigt. Wie schwierig so etwas in dieser ungewissen Welt zu finden ist, wissen sie nur zu gut. Ganz abgesehen davon, daß sie in die gesetzteren Jahre gekommen sind und die besessene Neugier ihrer Jugend verloren haben. Wer von uns kennt nicht aus Zeiten absoluter Hingabe an eine Liebe oder Freundschaft diesen Forscherdrang, der, einmal gestorben, nie wieder zurückkehrt. Jede von ihnen hat in dieser Hinsicht schmerzhaft Lehrgeld bezahlen müssen. In diesem rasenden Strudel wurde alles fortgerissen, was nicht fest mit ihrem Körper verwachsen, nicht widerstandsfähig war; zurück blieb nur der harte Kern. Als Sokrates sein Haus baute, erklärten es die Leute für zu klein, worauf er ihnen antwortete: „Groß genug, solange es meine wirklichen Freunde aufnehmen kann!"

Liang Qian kommt, von weitem sieht man sie auf ihrem orangefarbenen Motorrad, voll jugendlicher Energie wie eh und je. Schwarzer Rock, hellblaue, bestickte Seidenbluse, weiße Sommerschuhe, die eng ihre zierlich geformten Füße umschließen. Selten, daß sie sich so zurechtmacht. Nur der löchrige, alte Strohhut will nicht dazupassen, er paßt besser zu dem Strom von Flüchen, der sich aus ihrem Mund ergießt: „Dieser Hurensohn! Ich habe mich vor Zhu Zhenxiang mit diesem Dreckskerl Xie Kunsheng in die Wolle gekriegt. Verdammte Scheiße!" Sie war bei dieser Gelegenheit wohl nicht eben wortkarg gewesen. Hinzu kommt das endlose Herumgefahre unter der glühenden Sonne, ihre ausgedörrten Lippen kleben aufeinander.

„Trinken wir erstmal eine Limonade?"

Liu Quan ist völlig überrascht, in der Eisdiele auf Bai Fushan zu treffen, in Begleitung eines total unansehnlichen Geschöpfes, riesiger Kragen, extrem kurze Ärmel und ein Dekolleté, so tief, daß Liu Quan das Gefühl überkommt, trotz der brütenden Hitze niesen zu müssen.

Liu Quan zuckt zusammen, verlegen steht sie im schmalen Mittelgang der Eisdiele herum, sie weiß nicht recht, ob sie stehenden Fußes kehrt machen, oder vorbeigehen soll, als habe sie die beiden nicht bemerkt.

Liang Qian stubst sie in den Rücken: „Geh zu, was glotzt du hier herum, als ob du sowas noch nie gesehen hättest!"

Als sie an Bai Fushans Tisch vorbeigehen, nickt sie ihm zu wie einem alten Bekannten, der ihr zufällig über den Weg gelaufen ist: „Na, ein kleiner Bummel?" Als hätte sie das Mädchen vor ihrer Nase gar nicht gesehen.

Die Kleine weiß offensichtlich nicht, mit wem sie es zu tun hat. Instinktiv und wachsam, als müsse sie sich gegen eine plötzlich auftauchende Konkurrentin wappnen, mustert sie Liang Qian unfreundlich von Kopf bis Fuß. Als sie nach einem kurzen Vergleich zu dem Ergebnis kommt, keine Konkurrentin vor sich zu haben, wendet sie sich ab mit dem mitleidigen Überlegenheitsgefühl einer jungen Frau gegenüber einer Geschlechtsgenossin, die die Blüte ihrer Jahre bereits hinter sich hat. Noch ihr ondulierter Hinterkopf verströmt mitleidvolles Überlegenheitsgefühl.

Ein bedauernswertes Vögelchen.

Bai Fushan mit großmütiger Geste: „Ich lade euch ein!"

Vorsichtig, als fürchte sie, sich naß zu machen, schiebt sie ihn mit ausgestrecktem Finger beiseite: „Nicht nötig, vielen Dank." Dann marschiert sie erhobenen Hauptes an einen anderen Tisch.

Sie grinst in sich hinein. Ein kleiner Schönheitsfleck in seiner Haltung: er hat sich nicht getraut, sie und Liu Quan einzuladen, sich an ihren Tisch zu setzen. Liang Qian wäre einer solchen Einladung ohne weiteres gefolgt, sie verfügt über die formvollendete Unerschrockenheit einer Politikerin.

„Zweimal Limonade, zwei Schokoladensundae." Während der Kellner die Rechnung ausstellt, wirft sie einen kurzen Blick auf Bai Fushan und sieht ihn mit dem Mädchen flüstern. Vermutlich erklärt er ihr, welche Bewandtnis es mit Liang Qian hat. Das vor Gesundheit strotzende Katzengesicht der Kleinen fällt sofort in sich zusammen und wird stumpf und glanzlos.

Aha, sie ist nur ein kleines Gemüsebeet auf seinem Privatland.

Liang Qian zutzelt an ihrem Strohhalm und trinkt in einem Zug ihr halbes Glas leer. „Sie sind weg." Sie schielt zum Ausgang der Eisdiele.

Liu Quan wendet den Kopf und sieht, wie Bai Fushan gerade zu ihnen herübersieht. Er winkt ihr zu, sie muß notgedrungen zurücknicken. Bestimmt hatte das Mädchen darauf bestanden zu gehen, sie hatte wohl nicht den Nerv zu bleiben.

Liang Qian schweigt eine Zeitlang, sie tunkt den Finger in die Restflüssigkeit im Glas und malt Buchstaben auf die Tischplatte. Die Buchstaben ergeben keinerlei Sinn, unergründlich wie ein Buchstabenrätsel. Auch Liang Qian ist gelegentlich deprimiert, aber ihre Depressionen verschließt sie tief in sich, sie bleiben unzugänglich wie dieses Buchstabenrätsel. Sie kann vor Wut toben und vor Freude herumhüpfen; aber über ihre Depressionen spricht sie mit niemandem, nicht einmal mit Liu Quan oder Jinghua. Depressionen untergraben nach ihrem Empfinden den Willen. Sie will das nicht.

Im Einzelnen betrachtet ist ihr bisheriges Leben eine einzige Niederlage, eine Kette von Rückschlägen. Trotzdem bringt sie dem Leben als Ganzem noch immer ungebrochenes Vertrauen entgegen. Leute ihrer Generation, der Generation der fünfziger und sechziger Jahre, sind nicht vom blinden Optimismus ihrer Vorgänger beseelt, ebensowenig jedoch teilen sie den blinden Pessimismus der heutigen Generation. Sie verbinden Vertrauen mit einem klaren Kopf, sie sind fähig, der Realität ins Gesicht zu sehen und dennoch solide Arbeit zu leisten.

Im übrigen hat sie ihre Methoden, mit Depressionen fertig zu werden. Sie kennt den Wert ihrer Existenz — nützlich zu sein für die Menschheit, die Gesellschaft und ihre Freunde.

„Was hast du vor?"

„Was —", Liu Quan versteht nicht, worauf Liang Qian hinauswill. Ihren Gedankensprüngen ist oft schwer zu folgen, wie einem falsch geschnittenen Film. Einmal hatte Liang Qian sie und Jinghua ins

Filmatelier eingeladen, um sich einen internen Film anzusehen. Der Vorführer hatte versehentlich die Filmrollen falsch herum eingelegt, so daß sich die Menschen, Flugzeuge und Autos auf der Leinwand rückwärts bewegten. Die Zuschauer grölten vor Lachen. Wenn sie ein bißchen genauer nachgedacht hätten, hätten sie vielleicht nicht gelacht. Wer garantiert, daß es im eigenen Leben nicht Momente gibt, in denen die Schnitte falsch montiert sind.

„Ich meine, was du mit deiner Arbeit vorhast?"

Ach, Liang Qian hat gar nicht über Bai Fushan nachgedacht, ebensowenig über das Mädchen und darüber, was sich zwischen den beiden wohl abspielt. Die Depressionen von Frauen wie Liang Qian unterscheiden sich von denen der Frauen alten Schlags; sie zerbrechen sich über ganz andere Dinge den Kopf, opfern ihre Energie und Konzentration für völlig andere Dinge. Selbst ihre Art, Depressionen auszudrücken, ist ganz anders.

„Ich glaube, ich kehre besser zur Firma zurück." Liu Quan ist unfähig abzuwägen, was sie mehr an Selbstachtung, Willen und geistiger Energie kostet: Zurückweichen oder Weiterkämpfen. Bei dem Gedanken, daß beides Kampf bedeutet, möchte sie am liebsten einfach kapitulieren, niederknien und um Gnade bitten.

„Quatsch, willst du dem Mistkerl kampflos das Feld überlassen? Meinetwegen mach das, ich für meinen Teil werde es nicht tun." Liang Qian akzeptiert keine Niederlagen und verlangt das gleiche auch von anderen.

„Ich habe schon mit Lao Dong, dem Abteilungsleiter gesprochen. Er ist richtig über mich hergefallen. ‚Das hast du nun davon, weil du den Hals nicht vollkriegen kannst! Ha? Du mußtest ja unbedingt ins Auslandsbüro! Du brauchst vor ihnen keinen Kotau zu machen, komm so schnell wie möglich zurück, ich werde mir schon was einfallen lassen, wie wir die Sache hier für dich hinbiegen.' Vielleicht ist das die einfachste Lösung."

„Ich finde deine Lebenseinstellung nicht richtig. Man darf nicht immer den bequemsten Weg wählen." Liang Qian hält sich die halbvolle Flasche vor die Augen und blickt durch die orangefarbene Flüssigkeit, die Dinge ringsherum erscheinen wie in Orangensaft getaucht. Sie muß dem Kameramann Bescheid sagen, es einmal mit diesem Trick zu versuchen, wenn es um die Darstellung abnormer Gefühlssituationen geht — wie in Kafkas Romanen. Dann fährt sie fort: „Wir fragen uns doch oft, ob es auf dieser Welt mehr gute oder mehr schlechte Menschen gibt. Ich habe das Problem gründlich analysiert, habe Vergleiche angestellt. Wie ich's auch drehe und wende, ich komme immer zu dem Schluß, daß es mehr gute Menschen gibt. Warum steckt das Leben dennoch so voller Schwierigkeiten? Das liegt daran, daß die Schlechten zwar in der Minderzahl sind, aber über die größeren Kräfte verfügen; darüber hinaus sind sie gewöhnlich aggressiv. Gute Menschen befinden sich dagegen zumeist in der Defensive, dadurch entsteht der Eindruck, daß die Bösen in der Mehrzahl sind. ‚Eine Ratte verdirbt den ganzen Brei.' Ich möchte, daß sich die Gefechtslage ändert. Wir müssen aus der Defensive heraus, wir müssen angreifen, diesen Dreckskerlen das Rückgrat brechen, ihnen die Möglichkeit nehmen, weiter Unheil zu stiften." Liang Qians Augen werden größer und größer, an ihrem langen, schmalen Hals treten die bläulichen Venen hervor, sie sieht grau aus, ihre Haut wirkt stumpf, wie die verschrumpelte Schale eines Deliciusapfels, dem durch zu lange Lagerung zuviel Flüssigkeit entzogen wurde. Liu Quan fühlt sich äußerst unbehaglich. Sie kommt sich vor wie ein Parasit, der an Liang Qians Körper schmarotzt. Etwas anderes wäre es, wenn es Liang Qian selbst gut ginge.

„Lassen wir's, wie es ist!" Man kann sich schließlich nicht ein Leben lang von seinen Freunden die Tränen abwischen lassen.

„Ausgeschlossen!" Liang Qian nimmt die Zigarette aus dem Mund und klopft mit dem Mittelfinger auf die Tischplatte. „Weißt du, was sie herumerzählen? Sie behaupten, du wärst eines Mittags mit einem Ausländer verschwunden, kein Mensch wisse wohin." Sie wartet ruhig auf Liu Quans Reaktion.

Liu Quan gerät durcheinander. Unbewußt streckt sie fahrig die Hände von sich, als stemme sie sich gegen einen riesigen unsichtbaren Felsbrocken, der sie zu zerquetschen droht. Dabei schmeißt sie klirrend die Limonadenflasche um, und als ob das nicht genügt, kollert sie über den Tischrand zu Boden und zerplatzt mit einem scharfen Knall. Der Kellner blickt sofort zu ihnen herüber. „Keine schlechte Methode, normalerweise kannst du dir die Seele aus dem Leib schreien, und sie reagieren nicht. In Zukunft zerschmeiß ich einfach eine Flasche, wenn ich was bestellen möchte. Zwei Jiao! Dabei springt für mich immer noch mehr raus, als wenn ich stundenlang warten muß."

Sie möchte Liu Quan auf die Beine helfen. Jetzt darf nichts mehr passieren, selbst wenn es sich nur um eine zerbrochene Flasche handeln sollte.

„Was heißt hier, kein Mensch weiß, wohin? Frau Brown wollte in die Wangfujing gehen, um irgendwas typisch Chinesisches zu essen; als Herr Laing das hörte, wollte er auch mitkommen. Außerdem habe ich dem Ressortleiter Bescheid gesagt, alles in allem hat es nicht länger als eine Stunde gedauert ..."

Unwillkürlich rechnet Liang Qian nach: Vom Peking-Hotel zu irgendeiner der Imbißstuben an der Wangfujing braucht man, wenn man sich beeilt, hin und zurück dreißig Minuten. Bleibt also noch eine halbe Stunde ...

„Ha", sie lacht kalt. „Dreißig Minuten, das reicht nicht mal, um sich die Hosen auszuziehen. Scheißkerl!" Aber Liu Quans Unterwürfigkeit macht sie zornig. Was sollen diese ängstlich bemühten Erklärungen! Fließt in ihren Adern noch ein bißchen Blut? „Je mehr Erklärungen du vor gewissen Leuten abgibst, desto mehr setzen sie dich ins Unrecht. Um solche Leute aus dem Sattel zu heben, mußt du eisern auf deinem Recht bestehen, du mußt sie festnageln. Mir brauchst du nichts zu erklären. Solange du weißt, daß du nichts Unrechtes getan hast, darfst du um keinen Preis nachgeben. Glaubst du denn, daß du billiger davonkommst, wenn du vor dem Feind fliehst? Auch wenn du desertierst, wird man keine Nachsicht mit dir kennen. Sie werden kübelweise Schmutz über dich ausgießen, und der wird dich begleiten, wohin du auch gehst. Dahinter steckt doch eine Teufelei! Je lauter du Krach schlägst, desto besser. Ich werde mal meine Beziehungen nach oben spielen lassen, um dir unter die Arme zu greifen. Ich bin jedenfalls nicht bereit, mich vor diesem Mistkerl Xie Kunsheng geschlagen zu geben. Mein Krach eben mit ihm hat einen Vorteil: Ich weiß jetzt wenigstens, aus welcher Ecke die Sache kommt. Zhu Zhenxiang, euer Chef, scheint einen klaren Kopf zu haben; er hat jedenfalls gesagt: ‚Die Sache läßt sich leicht aufklären. Ich werde das veranlassen.' Aber Xie Kunsheng wird sich nicht so leicht geschlagen geben. Du mußt darauf bestehen, mit Zhu Zhenxiang zu sprechen, du mußt ihm klar sagen, was zu sagen ist. Ich glaube, er wird dir helfen."

Vermutlich hat Liang Qian Satz für Satz recht. Aber sie befindet sich nun mal in einer anderen Position als Liu Quan. Was sie sich erlauben kann, kann sich Liu Quan noch lange nicht erlauben. Schon jetzt fühlt sie, wie ihre Schultern unter der Last einknikken. Ihr ist nach Kapitulation zumute.

Liang Qian dagegen wird von Mal zu Mal streitlustiger, jeder Krach scheint ihre Lebensgeister zu wecken. Liu Quan hat sogar den Eindruck, daß sie manchmal absichtlich Streit sucht, als ob ihr dieses rechthaberische Gezänk unendliches Vergnügen bereite.

Ach, auch sie ist nur nach außen hin stark, ungefähr so, wie der Limonadenschaum, der eben unaufhaltsam hervorsprudelte, als sie die Flasche öffneten. In Wirklichkeit sind sie schwach, sie alle. Liu Quan ist niedergeschlagen. Wegen Liang Qian und wegen sich selbst.

„Was ist?" Liang Qian wird plötzlich ruhig. Das ist die wahre Liang Qian.

„Nichts ..." Liu Quan rückt vom Tisch ab und

greift mit beiden Händen nach Liang Qians linker Hand.

Liang Qian stellt das Glas ab und tätschelt ihr wie ein Mann den Rücken. „Iß dein Eis, es ist schon halb zerschmolzen ..."

Ach, wie ein Mann hat sie ihr den Rücken getätschelt.

VI

Sämtliche Fernsehgeräte im Wohnblock sind eingeschaltet. Aus den Fenstern mit unterschiedlicher Beleuchtung hinter unterschiedlichen Vorhängen dringt das Weinen derselben Frau aus demselben Kanal.
Rhythmisch und melodisch. Wie eine Gesangsübung. Daher können die Menschen dieses Signal des Leids und der Trauer genießen, während sie sich zum Nachtisch mit Wassermelonen erfrischen, rülpsen und über die Nachbarn klatschen.
Wer im wirklichen Leben weint so, wenn er vor Verzweiflung fast umkommt? Liu Quan möchte der Frau dringend abraten, auf diese Art weiter zu weinen, andernfalls wird sich das Mitgefühl der Zuhörer verschleißen.
Dieses Sträßchen ist noch ein Refugium.
Keine Hauptverkehrsstraße, es führen keine Bus- oder O-Buslinien hindurch, und am Abend fahren hier nur wenige Autos. So hat sich die Straße glücklicherweise ihre Ruhe bewahrt. Sie wirkt wie eine schmale, langgestreckte Grünanlage, mit Bäumen, Sträuchern, Gras und Blumen. Sogar einen kleinen Obstgarten gibt es, mit Stacheldraht umzäunt. Im Dunkel des

Gärtchens, außerhalb der Reichweite der Straßenlaternen wachsen töricht und unscheinbar (töricht wie die drei Frauen) grasgrüne und harte Äpfelchen zu rotbackigen und süßen Äpfeln heran, bis sie sich endlich am Punkt ihrer höchsten Vollkommenheit selbst opfern werden.

Wie orangefarbener Nebel fällt das Licht der Straßenlaternen auf junge Leute, die auf dem Rasen am Straßenrand sitzen und leise plaudern, auf Schüler, die sich mit einem Buch in der Hand auf die Hochschulaufnahmeprüfung vorbereiten und auf Anwohner, die frische Nachtluft schnappen. Es gibt doch erstaunlich viele Menschen, die sich ihres Lebens freuen. Der Rasen zieht Liu Quan an, am liebsten würde sie sich darauf ausstrecken, an nichts denken, nur die Sterne am Himmel zählen oder wie das Baby im Kinderwagen einen traumlosen Traum träumen. Nie wieder auf- und abhüpfen müssen wie ein aufgezogenes Spielzeugmännchen. Sie hatte einmal für Mengmeng so einen Affen gekauft, der pausenlos Purzelbäume schlug, wenn man ihn aufzog. Obwohl er aus Blech war, war binnen kürzester Zeit der Lack abgesprungen und sein Schädel eingebeult.

Sie hat nichts zu Abend gegessen. Jinghua hat ihr vorhin ein Glas Malzgetränk aufgegossen, nicht einmal das brachte sie hinunter. Sie verträgt gerade noch abgekochtes Wasser, alles andere erbricht sie auf der Stelle. Vielleicht hat sie einen Sonnenstich. Als sie vorhin nach Hause zurückkehrte, durchsuchte sie ergebnislos sämtliche Schubladen in ihrem und Jinghuas Zimmer nach einem Fläschchen ‚Zehn Tropfen-Wasser'. Ihnen fehlt es an allem, Nützlichem wie Unnützlichem.

Liu Quan hatte einen aufreibenden Nachmittag hinter sich. Sie war mit dem Fahrrad durch die Stadt gerast, unter sengender Sonne, glühend, als wäre sie gerade aus dem Schmelzofen gezogen worden.

Direktor Wei hatte sie ultimativ aufgefordert, zur Firma zurückzukehren. Aber Liang Qian hatte vorgeschlagen, die Sache hinauszuziehen mit der stereotypen Begründung: Versetzungsbescheid folgt. Aber was würde das letztlich bewirken? An diesem Nachmittag wollte Liang Qian ihr Bescheid geben.

Liang Qian war jedoch nirgends zu finden, nicht im Wohnheim, nicht im Studio, weder im Vorführraum noch im Synchronisationsatelier, auch nicht in der Kopieranstalt oder im Schneideraum. Mit ihrem Film soll es wieder Probleme gegeben haben, das Parteikomitee hat ihn nicht freigegeben. Sie wird sich doch nicht vor lauter Zorn aufgehängt haben? Sie sagt zwar oft: „Ich könnte mich vor Wut aufhängen!", wahrscheinlicher ist jedoch, daß sie sich gerade mit jemandem herumstreitet. Liu Quan konnte sich vorstellen, wie Liang Qian grimmig ihre kleinen, enganeinanderstehenden Zähne zusammenbeißt, finster entschlossen, bis zum letzten Blutstropfen zu kämpfen.

Schließlich erfuhr sie, Liang Qian sei im Aufnahmestudio. Was treibt sie da? Die Dreharbeiten sind doch längst abgeschlossen!

In allen Studios wurde gedreht. Wie die Mündungen von Kanonenrohren zielten die Kameraobjektive auf die mit ihren sechs Sinnen ringenden irdischen Geschöpfe. Nur das Atelier Nr. 2 war leer, obwohl alle Lichter brannten. Der Beleuchter war vermutlich mal eben aufs Klo gegangen, der Arzt wird ihm sicher ein

Attest schreiben: Verstopfung.

Liang Qian saß inmitten eines künstlichen Teichs, dessen Wasser aus eingelegten Glasplatten bestand. Aus der Ferne sah sie wie eine Lotosblume aus. Von weitem, nur noch von weitem.

Im künstlichen Wasser spiegelten sich die Schöpfungen des Bühnenbildners: schwingende Dächer, vergoldet und bunt, romantisch grazile Weidenzweige, zart dahinschwebende Wölkchen, bizarre Felsen am Ufer ...

Was ging in ihr vor? Die Arme um die Knie geschlungen, das Kinn aufgestützt, blicklose Augen. Liu Quan war beunruhigt, das alles paßte nicht zu Liang Qian.

„Wieso bist du hier? Ich habe dich überall gesucht!" Liu Quan wagte sich nicht näher heran, aus Angst, die Glasplatten zu zertreten.

„Schau, wie schön!"

Das paßte noch weniger zu Liang Qian. Sie verabscheut alles Künstliche: Seidenblumen, Plastikblumen, Schmuck. Auch in ihrem Film gibt es keine einzige Studioszene. Ist sie soweit, sich selbst aufzugeben? Dann steht ihrer Karriere nichts mehr im Wege.

„Was tust du hier?"

„Ich meditiere." Liang Qian zieht die Schultern hoch und schneidet eine Grimasse. Ihre Gleichgültigkeit ist Maskerade. In Wirklichkeit ist sie völlig durcheinander. „Ich suche nach einem Gefühl." Sie wird ernster, ihr seltsames Lachen verschwindet.

Was für ein Gefühl? Das Gefühl, sich mit der Verzweiflung eines Desperados hier in dieser Falschheit einzurichten? Sie wird es nicht finden.

„Jetzt ist aber Schluß, hörst du!" fährt Liu Quan sie an. Liang Qian tut ihr leid. „Laß dich auf sowas nicht ein! Du bist du. Manche meinen, den eigenen Charakter umzukrempeln sei nicht schwieriger, als über eine Gasse zu laufen. Das mag für andere stimmen, für uns nicht."

Schon wahr, sie sind wie alte Windmühlen, die sich verlassen und vergessen weitab an einem namenlosen Fluß drehen. Ahnungslos, daß sie ein paar Jahrhunderte hinter der Zeit zurückgeblieben sind, drehen sie sich noch immer gemächlich und selbstgenügsam, mit zufrieden ächzenden Flügeln. Wollte man ihren Rhythmus beschleunigen, ihnen neuzeitliche Motoren einbauen, dann würde das ganze morsche Gerüst einstürzen.

Jeder hat seinen Platz im Leben.

Liang Qian grinst über das ganze Gesicht und wechselt rasch das Thema, als habe man ihren Trick durchschaut. „Du kommst gerade richtig. Ich kann hier nicht weg. Heute will noch jemand meinen Film überprüfen." Die Nachforschungen der letzten Tage haben folgendes erbracht: Oben ist alles klar. Xie Kunsheng, dieser Schurke, behauptet, nicht er wäre das Hindernis, sondern die Personalabteilung. Es hätte dort angeblich Beschwerden von unten gegeben. Alles Quatsch. Ich habe nachgebohrt, in der Personalabteilung gibt es überhaupt keine Einwände, sie haben deiner Einstellung längst zugestimmt. Und sie haben keinen Grund, irgendwelche Spielchen mit dir zu treiben. Ich habe gehört, daß Xie Kunsheng einer anderen die Stelle zuschanzen möchte. Es heißt allgemein, daß Qian Xiuying dahintersteckt. Zhu Zhenxiang hat versprochen, der Sache nachzugehen: Zunächst einmal, ob das Gerede über dich der Wahrheit entspricht und wenn ja, dann müßten anschließend der Ablauf und der Charakter der Vorfälle überprüft werden. Das klingt nicht schlecht, wenigstens gehört er nicht zu den Typen, die jemanden auf die erstbeste Verleumdung hin fallenlassen. Er möchte dich gerne sprechen. Der Mann ist in Ordnung, nicht wahr? Andere geben dir nicht mal die Chance, dich zu rechtfertigen."

„Wann will er mich sprechen? Bis wann kann die Sache geklärt werden?"

Das klingt nicht schlecht, aber zwischen einem großmütigen Versprechen aus dem Stegreif und der mühsamen, konkreten Arbeit fließt ein breiter Strom, in dem sich Erregung, Verantwortungsgefühl und Vorstellungskraft leicht abkühlen.

„Heute, gleich heute. Ich habe bereits alles mit ihm besprochen. Ruf erst an, damit du nicht umsonst hinrennst, wenn ihm am Abend was dazwischenkommt. Ich gebe dir die Telefonnummer —", sie blätterte in ihrem blaugebundenen Adreßbuch. „Dieses Büchlein darf ich auf keinen Fall verlieren. ‚Verbindungen zur Führung enthält es mehr als dreihundert.'" Liang Qian schnaubt höhnisch durch die Nase. Sie benutzt für ihre Witze gerne die Libretti der ‚revolutionären Modellopern'[22], die Texte kennt sie in- und auswendig.

Sie lacht. Sie lacht dauernd. Aber Liu Quan bemerkt in ihrem Haar die ersten weißen Fäden. Wie die ersten gelben Blätter im Herbst. Sie fängt an zu welken. Ein wenig zu früh, ein wenig zu rasch.

Noch auf dem Weg vom Filmatelier nach Hause hat Liu Quan angerufen. Eine Frau mit einer weichen und ruhigen Stimme nahm das Gespräch entgegen. „Tut mir leid, er ist noch nicht zurück. Könnten Sie später noch einmal anrufen?"

Kein Unterton von jäher Wachsamkeit, von Antipathie oder Arroganz. Weder hat sie gefragt, von welcher Einheit sie sei, noch was sie wollte.

Das ist ungewöhnlich. Vielleicht das Hausmädchen? Nein, dafür klang die Stimme zu besonnen, zu erfahren, verriet zuviel kultiviertes Selbstvertrauen. Zhu Zhenxiangs Frau? Sicher eine harmonische Ehe. Der Mond, der die Sonne umkreist, bei schönem wie bei schlechtem Wetter.

Der zweite Anruf. Jinghua begleitet sie.

Auf dem Weg zum öffentlichen Telefon macht sich Liu Quan Gedanken darüber, ob die Zeit passend gewählt ist. „Vielleicht sitzt er gerade beim Essen?"

Falls Zhu Zhenxiang gerade nur wenig Appetit hat, könnte er ihm durch den Anruf restlos vergehen. Falls er gerade eine Garnele schält, könnte ihm die Lust darauf verdorben werden. Natürlich sollte das auf den Gang der Dinge keinen direkten Einfluß haben, aber jede im Grunde harmlose Kleinigkeit kann durch Zufall zu einem ersten Schatten werden, der sich auf die Angelegenheit legt. Die erfahrenen Alten haben das gewußt: „Günstige Witterung, gute Lage und Harmonie unter den Menschen sind die drei wichtigsten Faktoren."

„Ausgeschlossen, es ist nach acht."

Jinghua kann Liu Quan unmöglich allein telefonieren lassen. Die Serie der Niederlagen haben sie so kopflos gemacht, daß sie sogar an ihrer eigenen Existenzberechtigung zweifelt. Man muß ihr klar machen, daß sie wie jeder andere das Recht hat, anzurufen, wen immer sie anrufen will.

„Und wenn er nun gerade im Bad sitzt?" Dann hat sie ihn wieder umsonst gestört und müßte ein drittes Mal anrufen. Drei Anrufe an einem Nachmittag, wird sie den Leuten nicht auf die Nerven fallen? Wird er ihr auch dann noch geduldig zuhören?

„Was ist los mit dir? Du bittest um keine Gnade, du hast ein Recht darauf, klarzustellen, daß die schwarzen, grünen und gelben Flecken auf deinem Körper von anderen draufgeschmiert worden sind. Sie sind dir nicht angeboren, sie sind abwaschbar."

In Wirklichkeit ist es eben doch ‚um Gnade bitten'. Der Gedanke läßt sie nicht los. Liu Quan lächelt Jinghua Verzeihung erbittend zu: Sie kann Jinghuas Empfindungen nicht akzeptieren.

Liu Quan schont ihr Gefieder zu sehr. Ihr Flug führt nicht nur über den sonnig blauen Himmel, sondern auch durch Höllenfeuer. Die hübschen Federn werden dabei wahrscheinlich versengt werden. Ohne innerlich gerüstet zu sein, wird nicht nur ihr Gefieder verbrennen, sondern sie selbst.

Sie haben Pech. Die alte Frau, die das öffentliche Telefon hütet, schiebt gerade ein Holzbrett vor das Fensterchen. Jinghua mit einem Lächeln: „Tante, könnten wir wohl mal anrufen?"

Der Haarknoten der Alten wackelt entschieden: „Zu spät, Dienstschluß!"

„Es ist dringend!"

„Geht mich nichts an. Ich habe auch was Dringendes. Meine Tochter ist krank, hohes Fieber, jetzt ist sie gerade eingeschlafen, wie soll sie sich erholen, wenn dauernd telefoniert wird?" Die Alte ist voller Zorn.

Man kann es ihr nicht übelnehmen. Vermutlich ist ihre Tochter schwerkrank, und die Alte kann weder einen guten Arzt noch wirksame Medikamente auftreiben.

Jeder hat sein Unglück. Auf den gesamten Globus bezogen, nimmt es sich vielleicht winzig aus, aber auf dem eigenen Planeten ist es womöglich ein vernichtender Schlag.

Die bittere Frucht, in die Liu Quan beißen muß, ist noch bitterer geworden. „Und jetzt?"

„Ich glaube, am anderen Ende der Straße gibt es ein großes Bürogebäude, an der Pforte muß es doch ein Telefon geben. Das leihen wir uns mal eben."

„Geh zurück, ich schaff das schon allein."

„Nein", sagt Jinghua. Liu Quan ist anders als sie. Liu Quan braucht einen Stock, selbst wenn er nur aus Maisstroh ist. Jinghua hat Liu Quan verschwiegen, daß sie aufgrund Lao Ans Intervention nicht kritisiert wurde, auch eine ‚Mütze' hat man ihr nicht verpaßt, wie es manche gern gesehen hätten. Dafür zirkulieren jetzt plötzlich Gerüchte, Lao An und sie hätten etwas miteinander. Das Gerede ist so niederträchtig, daß man kaum glauben möchte, daß es aus dem Munde gebildeter Leute stammt. Die Verleumdungen, denen Liu Quan ausgesetzt ist, sind im Vergleich dazu fast alltäglich.

Ein uralter Trick, so alt, wie die jahrhundertealte Sojasauce, in der man im ‚Yueshengzhai'[23] am Qianmen Rindfleisch einlegt. Es gibt keine einfachere und zugleich wirkungsvollere Methode, einen Menschen, besonders eine Frau, zu vernichten, als diesen Jauchekübel über ihr auszugießen. Perfekt. Wie die Fernsehwerbung für Citizen-Quarzuhren jeden Abend um sieben: „Berühmt auf der ganzen Welt."

Liu Quan durchschaut so etwas nie. Darum fällt sie immer wieder auf die Nase.

Die Liebe, dieses große und ernste menschliche Thema, wird heutzutage von manchen Leuten in den Dreck gezogen. Ein halbes Jahrhundert, nein, mehrere Jahrhunderte sind verstrichen, und diese Leute bewegen sich immer noch auf dem Niveau von Ah Q[24]. Liebe ist gleich Beischlaf. Lu Xun ist ein großer Mann, in seinem Ah Q konzentriert sich der Geist des Volkes einer ganzen vergangenen Epoche.

Jinghua hatte endlich die Liebesbriefe durchgelesen, die „sie" an Lao An geschrieben hat. Sie sind voll weiblichen Feingefühls und verschlüsselter Zärtlichkeit. Geschrieben in einer Mischung von klassischer und moderner Sprache, wie sie für die Zeit der 4. Mai-Bewegung[25] typisch war. Seit langem hat Jinghua nichts mehr in dieser Sprache gelesen, die ihr Respekt abforderte, mit einem Anflug von Spott. Die Frauen der dreißiger Jahre erstanden in ihrer Phantasie. In Liebesdingen waren sie wahrscheinlich weniger offenherzig als heutige Frauen, eine Mischung aus Klassik und Moderne, wie in ihrer Sprache. Trotz der englischen Zitate in den Briefen ist diese Frau keineswegs ‚westlich', in diesem Punkt täuschte sich Lao An. Zu sentimental? Was war schlecht daran, solange diese Sentimentalität kein Unheil über Staat und Volk brachte. Jinghua war entschlossen, Lao An zur Heirat zu überreden. Warum sollen sich Menschen jenseits der sechzig nicht verlieben? Sollte sie je achtzig werden und dann endlich einem Mann begegnen, der ihrer Liebe wert ist, würde sie keinen Moment zögern. Leider wird es dazu nicht kommen.

Majestätisch erhebt sich das Amtsgebäude in der Dunkelheit. Eine Aura von Pflichtbewußtsein und Unbestechlichkeit geht von ihm aus, die sie völlig grundlos ermutigt und mit Hoffnungen erfüllt. Unwillkürlich beschleunigen sie ihre Schritte und stürzen sich, wie die Motten zum Licht, auf das hellerleuchtete Pförtnerhaus.

Das Telefon steht auf dem breiten, braun gestrichenen Fensterbrett der Pförtnerloge. Sie ist leer, nur ein ausgeleiertes Radio krächzt wie Zhuge Liang[26] auf der Stadtmauer: „Pili — pala — summ — summ — summ".

„Wo steckt er denn?" Liu Quan blickt suchend herum. „Hallo, Genosse —"

„Pili — pala, summ — summ — summ", antwortet das Radio.

„Komm, ruf einfach an, es geht schließlich nur um ein Telefonat!"

Liu Quan greift zum Hörer.

„Heda! Was macht ihr da?" Aus dem finsteren Flur taucht eine Riesengestalt auf. Prall wölbt sich die Brustmuskulatur unter seinem Trikot, seine Brust ist voller als die Jinghuas. Sein Taillenumfang beträgt mindestens drei Fuß, selbst als Liu Quan hochschwanger war, hatte sie keinen derart furchterregenden Bauch.

„Wir möchten nur mal telefonieren." Jinghua begreift sofort, daß sie es mit jemandem zu tun haben, der Spaß an Quälerei hat.

„Telefonieren? Geht zum öffentlichen Telefon." Wie aus der Pistole geschossen, knallhart.

Er könnte ohne jegliches Erbarmen Hunde oder Katzen erwürgen, daran zweifelt Jinghua keinen Moment. Wieder einmal hat die Realität die Phantasie ausgelöscht, kein Hoffnungsschimmer.

„Das öffentliche Telefon hat geschlossen, es ist dringend, bitte."

Liu Quan lächelt übers ganze Gesicht. Wenn sie lächelt, ist sie bezaubernd, neben den Mundwinkeln erscheinen zwei freche Grübchen. Ach, wie ist sie dumm.

„Weg hier! Verschwindet! Geht nicht." Als verscheuche er einen herrenlosen Hund, der eine Wurst gestohlen hat.

Liu Quan wird rot, aber sie lächelt noch immer. Dieses Lächeln findet Jinghua gar nicht mehr rührend. Wie der davongejagte Hund, der sich an der Wand entlang zurückgeschlichen hat und unterwürfig mit dem Schwanz wedelnd, die Miene seines Herrn beobachtet.

„Liu Quan."

„Es ist wirklich dringend ..."

Was ist los mit ihr?

„Nichts zu machen. Wir sind hier eine Behörde. Wer übernimmt die Verantwortung, wenn jetzt von oben ein dringendes Gespräch für die Führung kommt, während ihr die Leitung blockiert?" Der Fuchs zieht sich das Fell des Tigers über. Was würde er wohl machen, wenn er Minister wäre.

In jeder Behörde gibt es einen Bereitschaftsraum. Die Funktionäre haben Telefone zuhauf. Rote Apparate. Schwarze Apparate. Nicht nur die oben, auch die ganz oben. Tag und Nacht, bei Wind und Regen.

Seine Worte geben ihm offensichtlich das Gefühl, auch ‚oben' zu sein. Ein Schwächling, auch wenn er die Figur eines Eisenklotzes hat.

„Komm Liu Quan, wir gehen zum Telegraphenamt."

Liu Quan starrt ins Leere: „Heiraten sollte ich, einen der am Hintern raucht[27] und ein Telefon zu Hause hat. Dann könnte mir keiner!" Versager verlegen sich immer auf phantastische Lösungen.

Liu Quan möchte wieder losheulen. Aber das ist nicht der richtige Zeitpunkt. Wann ist der richtige Zeitpunkt?

Alle drei Telefone sind besetzt. Welches wird zuerst frei?

„... übrig geblieben? Wieviel? Ach! Wärme es dir morgen zum Frühstück auf, du kannst es auch braten ..."

Sinnlos, hier zu warten. Wie in einem der komischen Dialoge Ho Baolins[28]: der eilige Theaterbesucher, der neben ihm auf das Freiwerden des Telefons wartet. Als er schließlich auflegt, ist das Stück aus.

Der nächste Apparat ...

Liu Quan kneift Jinghua in den Arm.

Er ist auch da! Den Kopf unterm Brett, auf dem das Telefon steht, Hintern in die Höhe, beide Hände schirmen den dicht an die Sprechmuschel gepreßten Mund ab. Soviel Mühe!

„... ja, ja, der Genosse von der Leitung hat den Film gesehen, seiner Meinung nach hat er schwerwiegende Mängel. Was? Absolut zuverlässig! Keine Sorge. Ich tu das ja nur für dich, was ginge mich die Sache sonst an ..."

Liu Quan hält krampfhaft Jinghuas Arm fest.

„... meine Frau hat dir nichts davon gesagt? Natürlich nicht. Die möchte doch nur auf eure Kosten nach oben. Ich sage dir, sie legt's drauf an, euch reinzulegen. Neuerdings liegt was in der Luft, hast du das nicht gemerkt? Gut, gut, in Ordnung. Nichts zu danken. Es bleibt dabei, ja? Auf Wiedersehen!"

Bai Fushan legt auf und dreht sich um. Der letzte Rest seiner kultivierten Eleganz ist von ihm abgefallen. Hosenfalten und Kragen zerknittert, das Hemd umschlottert ihn wie ein Hanfsack, die beiden obersten Knöpfe sind offen, der Kragen klafft wie zwei Türflügel, die schief in den Angeln hängen. Er selbst ist schweißdurchnäßt, klebrig und riecht säuerlich.

Die Straße des Bösen ist schmal. Diese zwei Weiber sind sein Unglücksstern, sie bringen Unheil über jeden, der ihnen über den Weg läuft. In gewissem Sinne sind alle Frauen das Unheil der Männer. Vermutlich haben sie sein Gespräch mitgehört, sonst würden sie ihn nicht anstarren wie kleine Höllengeister, die ihm ans Leben wollen. Und wenn schon? Scheiße! Diese alten Hündinnen, mit ihren schlaffen Brüsten wie leere Säkke, keinen Zahn mehr im Maul, und ihn wollen sie beißen? Am liebsten würde er jeder von ihnen einen Fußtritt verpassen. So wie man allen Hindernissen auf seinem Weg Fußtritte gibt. Wenn sich Liang Qian nicht um sein Wohlergehen kümmert, kriegt sie auch einen.

Er geht an ihnen vorbei, als kenne er sie nicht oder habe sie nicht gesehen.

„Wenn er sich schon nicht schämt, dann müßte er doch wenigstens verlegen sein?" Liu Quan ist schokkiert. In Bai Fushans Augen war nicht die geringste Spur von Verlegenheit zu entdecken. Ein Funken nur, und Liu Quan wäre nicht derart am Boden zerschmettert. Aber nichts, gar nichts. Eine schmierige Substanz, trüb wie ein Schlammloch voller totem, grünlichem Wasser, von roten Äderchen durchzogen, blutunterlaufen, wie die Augen eines bis zur Raserei gereizten Tiers. Kann man mit diesen Augen die Welt und die Menschen noch klar sehen?

„Das ist nun ein Ehemann", preßt Jinghua zwischen zusammengebissenen Zähnen hervor. Dann laut: „Es gibt keine Ehemänner, wir müssen uns auf uns selbst verlassen. Ruf jetzt an, Liu Quan!"

Liu Quan tritt schweigend, mit zusammengebissenen Zähnen in die Pedale. Die Fahrradkette knarzt, das Fahrrad bräuchte eine Generalüberholung, zumindest müßte es geölt werden.

In die Oststadt! Es ist schon zehn vor neun.

Sie hätten die Fahrräder in der Xidan-Allee abstellen und sich ein Taxi nehmen sollen. Sie sind Strapazen gewöhnt, keiner hat je Rücksicht auf sie genommen, sie selbst auf sich auch nicht.

Rot. Grün.

Rot. Grün. Sie hoffen auf grünes Licht, grünes Licht auf der ganzen Strecke. Jinghua ist todmüde, aber sie verliert kein Wort. Ihr Blick streift links und rechts über die Fahrbahn, der Verkehr hat merklich abgenommen, besonders die Zahl der Radfahrer. Sie treten gemächlich in die Pedale, als machten sie eine Spazierfahrt im Park. Keiner fährt so verrückt wie sie, als ginge es um ihr Leben.

Jinghua hat das Gefühl, sie würden nie mehr ankommen. Als sie vom Sattel steigt, sind ihre Beine fast taub.

Die Wohnblocks gleichen sich wie Zwillinge, die selbst die eigene Mutter nicht würde unterscheiden können. Eine Ewigkeit irren sie in diesem Häuserlabyrinth umher, bis sie endlich das Haus finden, in dem Zhu Zhenxiang wohnt.

„Du gehst hinauf, ich warte hier. Bleib ruhig, denke an die Reihenfolge der Punkte, die du ansprechen willst und die wir gerade eingeübt haben. Du wirst doch nicht alles vergessen haben!" Jinghua bemüht sich, gleichgültig zu erscheinen. Liu Quan ist kopfscheu wie ein verschrecktes Rudel Pferde; der geringste Reiz von außen, die Andeutung eines Gefühls würden sie vom Weg abbringen.

Sie wendet sich ab, um Liu Quans panikerfülltes Gesicht nicht sehen zu müssen. Erst als sie sicher ist, daß Liu Quan oben angelangt ist, hockt sie sich auf den Boden und zündet eine Zigarette an. Hastig nimmt sie einen kräftigen Zug und stößt anschließend eine Reihe von genußvollen Grunzlauten aus, bis sie bemerkt, daß sie ein Passant verwundert anstarrt.

Verdammt. Liu Quan hat alles vergessen. Im Hirn eine komplette Leere. Sogar der Name des Ressortleiters ist ihr entfallen. Eine Gedächtnisstörung, die sie in letzter Zeit häufig befällt. Liu Quan hatte vorgehabt zu erklären, daß ihr Ausflug mit dem ausländischen Gast in eine Imbißstube an der Wangfujing-Straße vom Ressortchef genehmigt worden war. Bezahlt hatte im übrigen sie, weil die Imbißstube kein Devisengeld annahm. Am Abend hatte sie der Gast zum Dank zu einer Tasse Kaffee eingeladen, auch das hatte sie dem Ressortchef berichtet ... Plötzlich überfällt sie unendlicher Überdruß. Wozu das alles! Wegen ein paar Huntun[29] und einer Tasse Kaffee muß eine vierzigjährige Frau überall Erklärungen abgeben. Entsetzlich, wenn das Leben auf derartigen Kleinkram zusammenschrumpft. Es macht sie krank. Die Entschlossenheit, alles bis aufs letzte i-Tüpfelchen zu klären, zu der sie sich unterwegs durchgerungen hat, entweicht, wie die Luft aus dem Hinterreifen eines Fahrrads.

Zhu Zhenxiangs Frau stellt zwei Gläser mit Pflaumensaft und Eisstücken auf das Teetischchen zwischen Liu Quan und Zhu Zhenxiang. Ganz sanft und geräuschlos. Selbst die Gläser sind so liebenswürdig, verständnisvoll und ruhig wie die Hausherrin.

„Bitte", sagt sie.

„Danke." Liu Quan erhebt sich.

Sie antwortet nicht, schüttelt nur lächelnd den Kopf und bedeutet Liu Quan mit einer Handbewegung, sich wieder zu setzen. Dann nimmt sie das Tablett, verläßt das Zimmer und schließt leise die Türe hinter sich. Die gedämpfte Musik aus dem Nebenzimmer verstummt.

Sie hat sich nicht einmal umgewandt, ihr keinen neugierigen, prüfenden, herabwürdigenden Blick zugeworfen. Liu Quan hätte sich entspannt zurücklehnen können, aber ihre Verkrampfung will sich nicht lösen.

Sie grübelt zu viel, lebt zu verspannt und macht daher immer den Eindruck eines verletzten Tierchens. Verfügte sie nur über einen Bruchteil von Zhu Zhenxiangs Erfahrung, wäre sie weniger leicht aus dem Gleichgewicht zu bringen. Herz und Augen liegen bei ihr zu weit auseinander; ihr Herz weigert sich zu akzeptieren, was ihre Augen wahrnehmen, daher trifft sie das Unheil immer unvorbereitet.

Zhu Zhenxiang hat in Erfahrung gebracht, daß Liu Quan eine zuverlässige Arbeiterin ist. Um 25 Hotelzimmer auf die gleiche Anzahl von ausländischen Gästen zu verteilen, braucht Qian Xiuying nahezu eine halbe Stunde, Liu Quan dagegen erledigt das in ein paar Minuten. Sie arbeitet einigermaßen systematisch. Sie muß auch nicht immer ein Lexikon mit sich herumschleppen. Während Qian Xiuying auf die Ausländer einschwätzt oder sich endlos in einem der Hotelbadezimmer duscht und stundenlang vor dem Spiegel pudert, schreibt Liu Quan ihre Tagesberichte oder setzt sich mit den entsprechenden Institutionen in Verbindung, um das Programm des folgenden Tages abzuklären; dabei versucht sie, so sehr als möglich den Wünschen der Gäste entgegenzukommen. Nie sieht man sie, wie Qian Xiuying, ungeniert die Gäste um ein Foto mit der Sofortbildkamera angehen oder sich fingerschnippend bei ihnen anbiedern. Aber Liu Quan ist so schwach, kein Funken von Lebenstüchtigkeit. Zhu Zhenxiang will ihr helfen. Aber selbst wenn er ihr jetzt aus der Patsche hilft, wird sie der nächsten bösen Zunge wieder genauso wehrlos ausgesetzt sein.

Bemitleidenswert.

„Wo wohnen Sie denn?" Zhu Zhenxiang sucht

nach einem unverfänglichen Einstieg, um sie aufzulockern.

„In der Weststadt, Lotosgasse."

„Gibt es denn da einen Lotosteich?"

„Nein. Vielleicht früher einmal." Ihr bricht der Schweiß aus, ihre Hände werden kalt, vor ihren Augen wird es dunkel. Ihr Körper ist wie gelähmt. Kraftlos läßt sie sich gegen die Lehne fallen. Was ist los mit ihr, sie hat ihre Aufgabe noch nicht erfüllt ...

„Die meisten Pekinger Gassennamen haben einen historischen Hintergrund, eine Legende ..." Zhu Zhenxiang wirft einen Blick auf Liu Quan und erschrickt vor der Totenblässe ihres Gesichts und ihrer Lippen. Rasch geht er an die Tür: „Zhonglan, komm mal bitte, Frau Liu scheint sich nicht wohlzufühlen."

Seine Frau kommt herüber, zieht Liu Quans Augenlid hoch, um ihre Pupille zu beobachten, dann fühlt sie ihr den Puls.

„Soll ich einen Wagen holen?"

„Nein. Rühr ein Glas Milchpulver an, mit viel Traubenzucker." Sie spricht schnell, aber klar und ruhig.

„Es tut mir leid ...", sagt Liu Quan mit schwacher Stimme.

„Keine Ursache. So etwas kann jedem zustoßen", sagt sie leise zu Liu Quan. „Machen Sie sich keine Sorgen, jeder Fluß läßt sich überqueren." Sie nimmt Zhu Zhenxiang die Milch aus der Hand und fragt: „Können Sie selber trinken?"

Liu Quan lächelt geniert.

„Trinken Sie das, dann werden Sie sich besser fühlen. Ich bringe Ihnen etwas zum Essen. Es ist nichts Schlimmes, Sie haben nur zu wenig Zucker im Blut.

Ich leide auch darunter, es vergeht, wenn Sie etwas gegessen haben."

Das runde, noch immer jugendfrische Gesicht, das sich über Liu Quan beugt, kommt ihr vor wie der Mond vor dem Fenster, der breit und beruhigend auf sie herabscheint. Sie verspürt plötzlich Hunger, nimmt das heiße Glas und schlürft hastig die Milch in sich hinein.

Zhu Zhenxiang wendet sich ab, um ihr jedes Gefühl von Peinlichkeit zu nehmen. In der Hast, mit der Liu Quan die fast kochendheiße Milch in sich hineingießt, liegt etwas Bedrückendes. Sein Instinkt sagt ihm, daß Liu Quan nicht das verkommene Frauenzimmer ist, als das sie die umlaufenden Gerüchte darstellen. Nicht eine Spur davon läßt sich an ihr entdecken. Wie kann man ihr so unrecht tun!

„Genossin Liu Quan, machen Sie sich keine Sorgen, ich werde Ihnen helfen."

Er wird morgen das Personal des Büros zusammenrufen, einschließlich Xie Kunshengs. Alles, was gegen Liu Quan vorliegt, muß auf den Tisch, Aussage gegen Aussage, alles, was an Beweisen vorhanden ist, Punkt für Punkt. Man wird sehen, was davon stichhaltig ist. Er glaubt nicht, daß etwas darunter ist, das der Überprüfung standhält. Dieses haltlose, verleumderische Gerede muß ein Ende haben. Eine alleinstehende Frau! Will man sie umbringen, indem man derart auf ihr herumtrampelt? Wie kann man so grausam sein?

Vom neunten Stock rückt die Welt in weite Ferne. Das strahlende Lichtermeer erstreckt sich bis an den Horizont. Warum gibt es darin kein Fleckchen für Frauen wie Liu Quan?

In materieller Hinsicht haben wir uns staunenswert entwickelt. Angeblich wird man in zwanzig Jahren Gletscher in wasserarme Gebiete transportieren, auf anderen Planeten nach Mineralien schürfen; das bei der Reinigung von verschmutztem Wasser gewonnene Methangas als Treibstoff für Autos verwenden. Im Kampf gegen die uralte animalische Grausamkeit des Menschen — seinen Egoismus, seine Brutalität, seine Habgier und seine Hinterlist — hat es kaum Fortschritte gegeben. Um wieviel sind wir heute weiter als vor Tausenden oder Zehntausenden von Jahren? Weitere tausend oder zehntausend Jahre später wird man vielleicht rückblickend feststellen, daß kein wesentlicher Unterschied zwischen uns Heutigen und den Urmenschen bestand.

Zhu Zhenxiangs Frau betritt wieder das Zimmer. Vorsichtig trägt sie in der linken Hand eine Schale dampfende Nudelsuppe, in der rechten ein Paar Stäbchen, zwischen Daumen und Zeigefinger hält sie ein Tellerchen mit kaltem, in Streifen geschnittenem Hühnerfleisch.

Zhu Zhenxiang eilt ihr entgegen, um ihr zu helfen. „Nicht nötig, es geht schon." Sie stellt Schale und Teller vor Liu Quan ab. „Entschuldigen Sie, ich habe Senf ans Hühnerfleisch getan, ohne Sie zu fragen, ob Sie überhaupt Senf mögen."

Liu Quan ist unruhig. Sie kommt sich vor, als habe sie grundlos einen wildfremden Menschen zu sich in eine Schlammgrube gezogen, wo sie nun beide zappeln und herumrudern. Nur weil die andere aus Güte und Großzügigkeit nicht „nein" sagen konnte.

„Mir ist alles recht. Nur —, es ist mir so peinlich."

„Vielleicht fehlt noch Salz, probieren Sie mal."

Zhu Zhenxiang wirft sich vor, eben einer unbedachten Gefühlsaufwallung gefolgt zu sein. Wieviel geschickter ist Zhonglan, wenn es darum geht, anderen unmerklich aus ihrer Verlegenheit zu helfen. Wieviel Liebe zu ihrer Mitwelt verbirgt sich darin. Fast täglich findet er einen neuen liebenswerten Zug an ihr. Sie ist großherziger als er, sie würde sich nie, wie er gerade, in unbeherrschtes, unberechtigtes Genörgel verlieren. Was immer um sie herum vorgeht, sie handelt stets nach ihren eigenen Maßstäben. Keine welterschütternden Taten, nur ein schmaler Wasserstrahl, aber er sprudelt lange. Im Verfolgen ihrer Ziele sind Frauen vermutlich willensstärker und beharrlicher als Männer.

Liu Quan kämpft wieder mit den Tränen. Rasch greift sie nach der Schale und den Stäbchen, aber ihre Hände sind kraftlos, sie zittern so sehr, daß sie beinahe die Nudelsuppe verschüttet. Als sie die Schale abstellt, fallen ihr die Stäbchen aus der Hand und rollen vor die Füße der Hausfrau. „Lassen Sie nur", sagt Zhu Zhenxiangs Frau. „Ich bringe Ihnen frische." Sie geht hinaus.

„Sie haben eine gute Frau ...", sagt Liu Quan aus vollem Herzen zu Zhu Zhenxiang. Schlagartig fühlt sie sich erleichtert, als habe sie sich von einer schweren Last befreit.

Sturm ist aufgekommen. Fast ein Orkan. Er rast pfeifend durchs Blattwerk der Bäume und versetzt einen in Schrecken, als würde er Berge und Meere ins Wanken bringen. Ein dröhnendes Krachen — nicht weit von ihnen stürzt ein Baum um. Sie verkriechen sich im Toreingang und sind ratlos. Zurück in Zhu Zhenxiangs Wohnung? Unmöglich, noch dazu in Begleitung Jinghuas. Nach Hause fahren? Jinghua bezweifelt, daß ihre Kraft dafür ausreicht. Aber sie können hier nicht bis zum Morgen stehen bleiben.

„Schieben wir die Räder, wo es möglich ist, fahren wir. Vielleicht können wir einen Lastwagen anhalten und uns ein Stück mitnehmen lassen." Jinghua verläßt die Toreinfahrt, ihre kurzen Haare werden sofort in die Höhe gewirbelt. Der Sturm reißt ihr die Worte vom Mund, sie winkt Liu Quan zu, sich auf den Weg zu machen.

Auf zahlreichen Schleichpfaden erreichen sie endlich die Hauptstraße. Jinghua schreit plötzlich: „He, wir können mit dem Wind fahren!"

Wirklich? Liu Quan steigt aufs Fahrrad und umklammert die Lenkstange. Sie braucht nicht zu treten, der Wind treibt sie vor sich her. Wie eine Göttin, die auf ihrer Wolke dahinschwebt.

„Günstiger Wind!" schreit Jinghua wieder. Sie klingt wie in einem Glücksrausch. „Auch wir haben einmal günstigen Wind! Ja?!"

VII

Eins bleibt noch zu tun: die Bohnen in Streifen schneiden. Liang Qian ißt gerne gebratene Bohnenstreifen mit ein wenig gehacktem Ingwer.

Bis auf die Bohnen ist alles vorbereitet, sobald Liang Qian zurückkommt, wird gekocht. Liang Qian ist noch im Filmstudio und wartet auf die endgültige Entscheidung über ihren Film. Dem Vernehmen nach soll er freigegeben werden, sie hat sich deswegen in den letzten Tagen bei verschiedenen Instanzen die Hacken abgerannt, fluchend: „So ein Scheißdreck, kein Wunder, daß unsere Arbeitsproduktivität so niedrig ist, wenn man nur drei Zehntel seiner Energie in die Arbeit investieren kann und den Rest mit Behördenlauferei verplempert. Erklärungen abgeben, Hindernisse aus dem Weg schaffen, Beziehungen anleiern ..."

Was sie nicht erwähnte: Die Kraft, die sie brauchte, um mit Bai Fushan fertigzuwerden, mit ihrer Gefühlsverwirrung, seelischen Verzweiflung und Desillusionierung.

Frauen müssen sich mit zwei Welten auseinandersetzen. Frauen, die etwas erreichen wollen, müssen stärker als Männer sein.

Der Preis ist die Entfremdung von ihrem Sohn. Sie kommt nach Hause, wenn Chengcheng schon schläft, und geht, bevor er aufsteht. Ab und zu erinnert sie sich ihrer mütterlichen Pflichten und nimmt sich vor, ihm ein Geschenk zu kaufen. Erst wenn sie sich fragt, was sie ihm schenken soll oder sogar schon etwas gekauft hat, wird ihr plötzlich bewußt, daß er bereits sechzehn ist und keine Spielsachen mehr braucht. Dann schämt sie sich und macht sich Vorwürfe. Aber wenn sie sich gewaltsam einen Tag freimacht, um sich einmal ausschließlich ihrem Sohn zu widmen, haben sie sich nichts zu sagen. Sie ist zerstreut, in Gedanken bei ihren Kameraeinstellungen. Mehr als einmal beklagte sie sich vor Liu Quan und Jinghua über den Widerspruch zwischen menschlicher Natur und menschlichem Streben, über die Qual, sich entscheiden zu müssen. Nach ihren eigenen Worten hat sie den Punkt überschritten, wo sie noch hätte umkehren können. Der Fall ist hoffnungslos. Jetzt kann sie nur noch die Zähne zusammenbeißen, die Augen schließen und schweigen.

Und Mengmeng?

„Mama, ich habe Hunger, wieso ist Tante Liang immer noch nicht da?"

„Gedulde dich noch ein Weilchen, im Schrank sind Kekse, nimm dir was davon, ja?"

„Immer muß ich warten! Auch mit dem Fahrrad soll ich warten, wann kaufst du mir endlich das Fahrrad?"

„Mama hat kein Geld ..."

„Wieso hast du kein Geld? Du bekommst jeden

Monat 56 Yuan Gehalt, dann bekommst du noch die Zulage und einen Zuschuß für den Friseur und das Fahrgeld ..."

„Mengmeng!" In ihr krampft sich alles zusammen. „Woher hast du denn das!"

„Von Papa."

Was bringt er dem Kind bei? Mein Gott, was für ein Vater!

Jinghua, die am Spülbecken Radieschen wäscht, kann sich nicht mehr zurückhalten: „Mengmeng, was ist das für eine Rechnerei? So kannst du mit deiner Mutter nicht umspringen. Wenn dir das dein Vater beigebracht hat, werde ich dir mal etwas erklären: Deine Mama muß für dich jeden Monat 10 Yuan Unterhaltsgeld zahlen, außerdem muß sie dir Bücher, Schuhe und Kleidung kaufen, und sie muß ja auch essen und Miete zahlen ..." Jinghua erwähnt nicht, wie sie sich in den letzten Jahren jeden Fen vom Mund abgespart haben, für dieses und jenes und für diesen und jenen, um ihre Rückversetzung nach Peking und Liu Quans Arbeitsplatzwechsel zu ermöglichen. Ihr letztes Hemd haben sie geopfert, doch in den Augen derjenigen, die in Saus und Braus leben, haben sie sich ihrer Armseligkeit zu schämen.

Man sollte so mit einem Kind nicht sprechen; ganz abgesehen davon ist das kein Thema für Kinder. Das Leben mag seine häßlichen Seiten haben, doch sollten Kinder möglichst wenig davon erfahren; man sollte ihnen wünschen, daß sie ihnen erspart bleiben. Nicht jeder ist dazu verurteilt, mit den dunklen Seiten des Lebens konfrontiert zu werden. Wenn Kinder sie nicht sehen, umso besser, warum soll man sie ihnen zeigen.

„Deine Bücher, Kleider, deine Spielsachen und dein Fahrrad sind im übrigen Extraausgaben, die im Scheidungsurteil gar nicht vorkommen, weil deine Mama sowieso für deinen Lebensunterhalt zahlt. Diese Dinge kauft dir deine Mama mit dem Geld, das sie sich vom Munde abspart, weil sie dich lieb hat, nicht weil sie eine reiche Dame ist, die nicht weiß, was sie mit ihrem Geld anfangen soll. Das alles sollte ich dir eigentlich nicht sagen, aber du bist jetzt groß und vernünftig genug, um zu erfahren, wie sich deine Mutter abquält und wie sehr sie dich liebt ..."

Der Blick aus Mengmengs kleinen, runden Augen wechselt von Staunen zu Zorn und Gekränktheit. Offensichtlich stimmt das mit dem, was man ihm bisher gesagt hat, nicht überein.

„Woher soll ich das wissen! Wenn mein Hemd Löcher hat, sagt er immer: ‚Geh zu deiner Mutter', und wenn mein Hausaufgabenheft voll ist, sagt er: ‚Laß dir von deiner Mutter ein neues besorgen!', und wenn ich dann noch was sage, schlägt er mich grün und blau. Ihr wißt ja gar nicht, wie schlecht es mir geht! Warum hat er sich dann nur unter der Bedingung scheiden lassen, daß ich ihm zugesprochen werde? Kann man das Scheidungsurteil nicht ändern. Daß ich Mama zugesprochen werde ...", er fängt an zu weinen.

Wie soll man ihm erklären, warum sein Vater unbedingt das Sorgerecht für Mengmeng haben wollte? Sein eigener Mangel an Intelligenz, Gefühl und Vernunft genügt ihm nicht, er möchte auch Mengmeng nach seinem Ebenbild formen. Das ist blanker Mord! Mord an einer schwachen, reinen Seele, die sich noch nicht wehren und noch nicht zwischen Gut und Böse unterscheiden kann. Merkt er nicht, daß er ein Verbrechen begeht? Ein Vater!

„Hör auf zu weinen, Mengmeng! Ich werde dir mit Mama gemeinsam ein Fahrrad kaufen."

„Nein, nein, ich will keins mehr!"

Mengmeng ist ein vernünftiges Kind. Man muß ihm nur alles erklären. Aber es bleibt eine Grausamkeit! Liu Quan hätte nicht heiraten und schon gar nicht ein Kind auf die Welt bringen dürfen, unvorbereitet wie sie war!

Liang Qian ist zurückgekommen.

„Was ist denn los mit euch? He, ihr da! Alle mit langen Gesichtern. Kameradinnen, hört auf, euch das Leben schwer zu machen! Mengmeng, du bist doch ein Mann, ein Mann weint nicht, oder? Du meine Güte! Los, nehmt mir die Pakete ab!" Sie ist vollbepackt mit Paketen, großen und kleinen, dazu trägt sie auf dem Rücken einen Rucksack aus Segeltuch, wie ihn sonst nur Geologen bei ihren Exkursionen verwenden.

„Warum kaufst du so viel ein? Das können wir nie aufessen, es wird verderben", sagt Liu Quan.

„Eßt, eßt, wir sind alle mager wie kleine Teufel."

„Was ist mit dem Film?" möchte Jinghua wissen.

Liang Qian sieht sie an. Soll sie ihnen die schlechte Nachricht sofort mitteilen? „Schluß damit, reden wir nicht davon!" Sie macht sich daran, den Rucksack auszupacken.

„Peng!" Eine Flasche Bier steht auf dem Tisch.

„Peng!" Eine zweite.

„Peng! Peng!" insgesamt vier Flaschen. „Ab damit ins kalte Wasser. Dalli, dalli! Unsere ganze Rackerei

hat uns nicht einmal einen Kühlschrank eingebracht!"
Sie wendet sich den Paketen zu, stopft sich ein Stück Huhn in den Mund und kaut hastig darauf herum.

Es ist aus! Jinghua wußte es auf den ersten Blick.

„Wie ist es ausgegangen?" Liu Quan bohrt nach. Sie tickt immer um einen Takt zu langsam.

„Standrechtlich erschossen." Liang Qian greift nach einem weiteren Stück Huhn.

„Hör auf, sonst kannst du nachher nichts mehr essen. Du hast dir noch nicht mal die Hände gewaschen!" Liu Quan nimmt ihr das Fleisch aus der Hand.

„Warum?"

„Das weiß der Kuckuck, verdammte Scheiße!" Liang Qian tritt wütend gegen einen Hocker. „Dieser Oberknilch, Wu heißt er, hat folgendes zum besten gegeben: ‚Nun ja, wieso schnarcht denn der Arbeiter so laut, das ist doch Verunglimpfung der Arbeiterklasse!'
Darauf der junge Nie, einer von den Arbeitern in der Entwicklungsabteilung: ‚Ich schnarche noch viel lauter!'
So ein Dreckskerl, dieser Wu!
Dann ging es weiter: ‚Wieso hat die weibliche Hauptdarstellerin einen so großen Busen? Ist der echt oder falsch? Hm? Wenn das ein künstlicher ist, handelt es sich um ein gravierendes ideologisches Problem, das ernsthaft diskutiert werden muß. Pornographie, Hm? Verführt unsere Jugend zur Kriminalität! Wir wünschen keine pornographischen Filme, Genossin Liang Qian!'
Zu großer Busen? Ist das ein Verbrechen? Soll sie sich ein Stück davon abschneiden? Diese Heuchelei! Wie in

Lu Xuns ‚Die Seife': Beim Anblick eines nackten Armes denken sie sofort an andere Körperteile, ‚O lala, haha!'
Ich habe ihm gesagt: ‚Ob er echt oder falsch ist, können Sie leicht feststellen, Sie brauchen ihn nur anzufassen!'
Da ging er in die Luft: ‚Genossin Liang Qian, machen Sie keine Witze!'
‚Witze? Ich? Ich bin todernst! Es geht um das Recht von uns Frauen! Auf wieviel habe ich verzichtet, um es mir zu erkämpfen. Und wie viele Frauen kämpfen noch immer dafür. Unsere Emanzipation bedeutet mehr als ökonomische und politische Befreiung, sie verlangt, daß Frauen sich selbst und die Gesellschaft begreifen lernen, daß sie eine richtige Vorstellung vom Sinn und Wert ihrer Existenz haben. Frauen sind keine Sexobjekte, sondern Menschen! Aber manche Leute wollen das nicht einsehen, selbst manche Frauen leben nur dafür, den Männern zu gefallen. Das ist Sklaverei! Überreste eines rückständigen Bewußtseins! Es ist völlig klar, was hinter Ihren Worten steckt: Für Sie sind die Frauen die Ursache alles Bösen. Na schön, wenn die Frauen die Ursache allen Unheils sind, dann sollten die Männer wenigstens die Moral eines Liu Xiahui[30] besitzen. Warum fallt ihr immer über die Frauen her, wenn etwas schiefgeht? Hm?'
Mir war völlig klar, daß der Film damit erledigt war, aber ich war wie verhext, ich konnte mich nicht mehr beherrschen. Und dann kam das Todesurteil. Natürlich haben auch Bai Fushans Gerüchte ihren Teil dazu beigetragen: daß irgendein führender Funktionär sich unzufrieden über den Film geäußert hätte, usw.

Manche Leute sehen es schon regnen, wenn irgendwoher ein Lüftchen weht, und haben dann nicht einmal den Mumm, oben nachzufragen, ob an der Sache was dran ist. Da werden aufgrund von haltlosen Gerüchten Beschlüsse gefaßt, ohne einen Funken Verantwortungsgefühl gegenüber den Kollegen und der Sache. Diese Leute kümmern sich einen Dreck um die Entwicklung von Kunst und Literatur oder um den Fortschritt des Sozialismus! Hauptsache, ihr eigener Stuhl gerät nicht ins Wackeln!"

Bravo! Jinghua möchte bei jedem Wort Beifall klatschen. Mein Gott, wie ist Liang Qian dumm. Genauso dumm wie Jinghua selbst: Jede einzelne Etappe ist glorios, doch das Ganze ist eine komplette Niederlage. Das ist eine Konstante in ihrem Leben. Jinghua hat gute Lust, mit Liang Qian zu zanken. Warum kann sie sich nicht beherrschen, damit hat sie alles verdorben. Doch Vergangenem nachzugrollen, ist etwas für alte Weiber. Was geschehen ist, ist geschehen, man muß den Tatsachen ins Auge sehen. Das bißchen Eigeninitiative, das einem noch bleibt, gehört der Zukunft.

„Das ist doch nicht das letzte Wort? Es gibt noch höhere Instanzen!"

„Es ist doch im Grunde anormal, daß alle ungelösten Probleme von Instanz zu Instanz weitergereicht werden und offenbar nur noch auf höchster Ebene gelöst werden können. Das beweist lediglich, daß manche Kader der unteren Ebene unfähig sind und sich vor der Verantwortung drücken. Sie werden beispielsweise nicht einmal mit dem Problem der Wohnungsknappheit fertig, es bleibt einem gar nichts anderes übrig, als zur Spitze zu gehen. Was machen eigentlich diese Kader mit ihren vollgefressenen Bäuchen den ganzen Tag? Sämtliche Probleme weiterschieben, das kann jeder! Für die laufende Büroarbeit haben sie ihre Sekretäre."

Liu Quan hat plötzlich das Gefühl einer großen Leere, niedergeschlagen bindet sie sich die Schürze ab und läßt sich auf das Sofa fallen. Dabei setzt sie sich auf die behaglich schnurrende Maotou. Kreischend springt die Katze vom Sofa, Liu Quan fährt erschrocken zusammen. Sie stammelt: „Aber, aber es war doch alles geklärt! Wieso gilt das alles nicht mehr?"

„Ach, ich war noch nie so leichtgläubig wie du. Nichts ist sicher, bevor du es nicht fest in den Händen hast. An Zusagen glaube ich erst, wenn der Film in den Kinos läuft, bis dahin kann alles Mögliche passieren. Dabei fällt mir ein, hast du den Versetzungsbescheid?"

„Ja." Ihr Gesichtsausdruck könnte einen ebensogut glauben machen, sie hätte ihn nicht bekommen, so daß Liang Qian nachfragt: „Wo ist er, zeig her! Das ist ja schwieriger, als den Himmelskaiser persönlich einzuladen!"

Der Versetzungsbescheid des Amtes für Auswärtige Angelegenheiten, ein Formular vom Format 22 x 27 cm, ehrfurchtsvoll, als handele es sich um eine Buddhastatue, auf dem Schränkchen abgelegt, ist naß geworden. Wie kommt das Wasser daran?

„Mengmeng, hast du das gemacht?" fragt Liu Quan schrill, während sie hastig mit ihrem Jackenzipfel das Wasser vom Papier wischt.

„Ich ... ich weiß nicht!"

Jinghua glaubt ihm. Er kann kein Interesse daran

haben, daß dieses Papier die Quelle trockensaugt, die ihn nähren, wachsen und gedeihen lassen kann.

„Du weißt es nicht? Du weißt nicht, woher das Wasser kommt?"

„Hör auf! Wir trocknen das Papier, damit ist die Sache erledigt." Jinghua sucht sie zu besänftigen.

Liu Quans bedrohlich ernste Miene verleiht dieser Kleinigkeit plötzlich ungeheures Gewicht. Mit dünner Stimme erklärt Mengmeng: „Ich habe mir vorhin ein Glas kaltes Wasser aus der Flasche auf dem Schränkchen eingegossen ... ich hatte Durst."

„Und warum kannst du nicht aufpassen?" Liu Quan gibt keine Ruhe. Sie sucht nach einem Vorwand, sich abzureagieren. Wenn sie sich weiterhin beherrschen muß, wird sie hysterisch losbrüllen.

„Ich weiß nicht ...", Mengmeng ist verängstigt.

„Du weißt nicht? Was weißt du denn überhaupt!" Liu Quan hebt die Hand, aber mitten in der Luft hält sie ein. In Mengmengs Augen entdeckt sie einen noch nie gesehenen Ausdruck: Verwirrung und Zweifel an der Autorität der Erwachsenen, übergehend in Angst, Enttäuschung und Mitleid.

Liang Qian nimmt das zerknitterte Papier und geht auf den Balkon. „Ach, das trocknet schon wieder."

„Vorsicht, daß es nicht davonweht!" ruft ihr Liu Quan hastig nach. „Leg einen Stein drauf, nein, nimm den Briefbeschwerer, das ist sicherer." Liu Quans Bewegungen wirken in diesem Moment übertrieben, wie die einer Theaterschauspielerin auf der Leinwand. Liang Qian weiß, daß Liu Quan normalerweise nicht dazu neigt, aus einer Mücke einen Elefanten zu machen. Dieses Blatt Papier, kein Gramm schwer, hat ihre Geduld restlos aufgezehrt. Nicht so sehr das kostbare Papier tut ihr leid, als vielmehr sie sich selbst. Sie hat zuviel dafür bezahlen müssen.

„Los, tu das Gemüse in die Pfanne, wir haben alle Hunger." Jinghua reicht Liu Quan die Schürze, die sie vorhin ausgezogen hat, und fügt leise hinzu: „Und mach nicht das Kind zum Sündenbock."

Und sie? Macht sie es denn besser als die anderen? Man schubst sie zur Seite, weil sie schwach ist. Hat sie den Mut, sich dagegen zu wehren? Nein! Nur auf Mengmeng traut sie sich loszugehen, weil der noch schwächer ist.

Jetzt muß ein bißchen Zucker in die Pfanne.

Wie die meisten Eltern kann sie ihre Autorität nur vor ihrem Kind zur Geltung bringen. Auf diese Weise bleuen sie ihrer Nachkommenschaft früh genug ein, daß die Macht ungleich verteilt ist.

Und jetzt der Essig. Liu Quan ist völlig geistesabwesend, doch ihre Hand tappt zielsicher auf die Essigflasche im zweitobersten Fach des Küchenschrankes. Automatisch, schon zum Reflex geworden.

Sie fühlt sich unbehaglich. Rasch blickt sie sich um, als habe jemand ihre Gedanken gelesen. Als seien sie sichtbar und hörbar. Nein, alle sind in Jinghuas Zimmer versammelt, Liang Qian scheint etwas Lustiges zu erzählen. Sie strengt sich an, den Schatten auf Mengmengs Seele zu vertreiben. Sie hofft, ihn wieder fröhlich zu stimmen. Doch das, was in seinen Augen gerade an Neuem aufgekeimt ist, ist nur vorübergehend vergessen, es wird wachsen, reifen und sich verwandeln — in Verachtung. Wie die Äpfel an den stacheldrahtumzäunten Bäumen unten an der Straße — auch sie waren zunächst nur blaßgrüne Knospen.

„Mengmeng!" ruft Liu Quan.

„Was ist?" fragt Mengmeng steif. Sein klingendes Lachen ist blitzartig verstummt.

„Die Fischeier sind für dich." Die Fischeier sind goldbraun gebraten, sicher sehr knusprig. Mengmeng ißt gerne Fischeier. Ursprünglich wollte Liu Quan sie zusammen mit dem Gelbfisch schmoren. Sie weiß, daß sie an einem Tag wie heute keine Sondergerichte für Mengmeng braten sollte, damit verschlimmert sie nur die Angelegenheit. Aber Mutterliebe hält sich an keine Regeln und Gesetze, sie gehorcht dem Instinkt der Selbstaufopferung.

Mengmeng rührt sich nicht. In seinen Augen blitzt es geringschätzig, nur einen winzigen Augenblick lang. Soll er die Fischeier essen? Die unsinnigen Vorwürfe, die vorhin aus heiterem Himmel auf ihn heruntergeprasselt sind, haben seine Selbstachtung tief verletzt. Aber er spürt Mutters Erwartung, ihr schlechtes Gewissen, sie möchte alles wieder gutmachen. Er läßt sich erweichen, runzelt die Stirn, nimmt ein zusammengebackenes Stück Fischeier und beißt lustlos hinein. Nur um ihr das Gesicht zu wahren.

Mengmeng ist gutherzig und großmütig. Hoffentlich bleibt er so. „Mengmeng, sei nicht böse auf Mama!" sagt sie mit plötzlich aufsteigender Trauer, dreht sich rasch um und rührt in der Pfanne herum.

„Tante Liang redet über den Ausflug morgen nach Badaling[31]." Mengmeng wird bereits auf ganz männliche Art mit solchen peinlichen Situationen fertig.

Danke, mein Sohn! „Nimm das Gericht mit hinüber."

„Ich bin zu der Erkenntnis gekommen", Liang Qian klappt die Beine des zusammenlegbaren Tisches auf, „daß wir grau werden, wenn wir mit unserem Ausflug warten, bis all unsere Probleme gelöst sind. Sind wir mit einem fertig geworden, ist das nächste schon da. Warum lassen wir uns von unseren Problemen tyrannisieren? Wir tun uns leichter, wenn wir andersherum an die Sache herangehen. Ich jedenfalls werde nicht mehr warten. Ohne euch zu fragen, habe ich beschlossen, daß wir morgen nach Badaling fahren. Kein Spaß, ich habe schon die Fahrkarten bestellt. Im Rucksack sind Konserven. Was sagt ihr dazu? Mengmeng, einverstanden?"

„Einverstanden, einverstanden!" Mengmeng hüpft vor Freude. Noch nie hat ihn jemand an all die Orte mitgenommen, die jeder Pekinger in- und auswendig kennt: Badaling, Ming-Gräber, duftende Hügel. Mama ist nicht in der Stimmung dazu und Papa will kein Geld ausgeben.

„Du hast recht. Das war längst fällig. Endlich hast du's kapiert." Jinghua neckt sie.

„Wer hat's kapiert, du oder ich?" Liang Qian schlägt zurück.

„Hurra, nach Badaling! Tante Cao, kennst du das ‚Lied der jungen Pioniere'?"

Richtig, die Erinnerung an die Wanderungen, Ausflüge und Fahrten ihrer Kindheit sind untrennbar verbunden mit den Liedern, die sie gesungen haben.

Am liebsten sangen sie:

> Die Vögel zeigen uns den Weg
> Der Wind bläst uns voran
> Wie der Frühling
> Ziehen wir über Gärten und Wiesen
> Um den Hals das rote Tuch
> Angetan mit schönen Kleidern ...

Wie der Frühling. Auch ihr Lebensgefühl war wie der Frühling: Frisch, zartgrün, voller Leben.

Was singen die Kinder heute? Jinghua weiß es nicht, aber ihrem Eindruck nach singen sie heute weniger.

„Natürlich kenn' ich das Lied." Während Jinghua die Eßstäbchen verteilt, beginnt sie zu singen und gibt dazu mit Kopfnicken den Takt an: „Kiefernbäumchen und Zypressen ..."

„Falsch!" unterbricht sie Liang Qian: „Das ist nicht das ‚Lied der jungen Pioniere'."

Liu Quan, die gerade mit der Suppenschüssel zur Tür hereinkommt, mischt sich ein: „Als wir noch Pionierinnen waren, ging das Lied so —" Schüchtern beginnt sie zu singen, aus irgendeinem Grund klingt es ein wenig bitter:

> „Wir sind die Kinder des neuen China
> Wir sind die Pioniere einer neuen Jugend ..."

Ihre Stimme ist immer noch weich und voll. Das Lied weckt bei allen drei schöne Erinnerungen. Genauer gesagt, mehr noch als schöne Erinnerungen rührt sie eine wehmütige Sehnsucht nach jenen unwiederbringlich vergangenen Tagen. Liang Qian fällt mit ein:

„Aus ganz China sind vertrieben die dunklen Mächte ..."

Jinghua unterbricht sie: „Du bringst alles durcheinander, das ist der Text der zweiten Strophe. Die erste

geht so —" Sie singt und die anderen fallen mit ein:
„Wir schließen uns zusammen,
Folgen unseren Brüdern und Vätern,
Wir fürchten kein Hindernis
Und keine Last ..."
Liu Quan lacht und zwinkert Mengmeng zu. Erstaunt sieht er ihnen zu, als würden sich vor seinen Augen drei alte Ungeheuer in jugendliche Wesen zurückverwandeln. Er kennt dieses Lied nicht. Die Melodie gefällt ihm nicht besonders, er begreift nicht, was sie daran zu Tränen rührt. Wenn er mit seinen Kameraden singt, ist es viel lustiger. Haben sie früher immer so gesungen?

Sie singen und singen. Liu Quans Lippen fangen an zu zittern, ihre Stimme wird leiser, schließlich verstummt sie ganz.

Jinghua und Liang Qian sind ganz in ihren Gesang vertieft. Erst als Liu Quan losheult, merken sie, daß etwas mit ihr nicht in Ordnung ist.

Ihre Fröhlichkeit, leuchtend wie die letzten Strahlen vor Sonnenuntergang, sinkt in sich zusammen. Keine sagt ein Wort. Jede ist in ihre Trauer versunken, nur Liu Quans bitteres und hilfloses Schluchzen vibriert durchs Zimmer.

Alle denken in diesem Moment das gleiche: Wie lange ist es her, daß sie dieses Lied gesungen haben! Wieviel ist seither passiert! Damals ahnte keine, was auf sie zukommen würde ...

Was ist schuld an Liu Quans Tränen? fragt sich Jinghua. Ihre unzureichende Erziehung? Sie lebte in einer Welt der Ideale. Als sich die bunte Kugel der Wirklichkeit vor ihr zu drehen begann, und sie begreifen mußte, daß sie ganz anders war als das einfarbige, flächige Gebilde, das man ihr auf der Schultafel gezeigt hatte, traf sie das völlig unvorbereitet. Sie konnte sich nicht umstellen. Ist es ein Mangel an Anpassungsfähigkeit? So wie man durch das ständige Training der rechten Hand in der Kindheit den Gebrauch der linken verlernt? Oder liegt es am zunehmenden Materialismus ihrer Umgebung? Wird man ab einem gewissen Alter zwangsläufig zur ‚Oma Neunpfund'[32]? Entkommen auch sie diesem Schicksal nicht? Meine Güte, so alt sind sie doch noch nicht!

Liang Qian geht in die Küche und macht eine heiße Kompresse für Liu Quans Augen, sie würden sonst auf Pfirsichgröße anschwellen. Eine Reihe von Thermosflaschen blickt ihr gewichtig vom Küchenschrank entgegen, heißes Wasser gibt es allerdings immer noch nicht. Auch zehn weitere Thermosflaschen würden daran nichts ändern. Ein Phänomen, das allen unordentlichen Menschen vertraut ist. Also wieder Wasser heißmachen. Liang Qian holt den Aluminiumtopf unter dem Waschbecken hervor. Natürlich, der Knopf auf dem Deckel fehlt noch immer.

Was ist eigentlich los? Erst sind sie so lustig und dann wieder traurig. Wie beim Thermometerspiel, das er mit seinen Freunden gespielt hat: Man steckt abwechselnd das Thermometer in einen Schneehaufen und in ein Glas heißes Wasser und guckt zu, wie die rote Quecksilbersäule blitzschnell steigt und fällt. Mengmeng langweilt sich. Er hat Hunger, aber er wagt nicht, sich zu rühren. Brav sitzt er auf seinem Stuhl und sieht zu, wie der Dampf aus Tellern und Suppentopf hochsteigt.

Er ist gern hier. Er will geliebt werden. Wie ein Bäumchen im Wald, das seine Zweige tapfer nach oben reckt; wie ein kleines Kind, das sich auf seinen Zehenspitzen den wärmenden Sonnenstrahlen entgegenstreckt. Aber zuviel Gefühl drückt einem die Luft ab. Was hat seine Mutter nur? Warum heult sie immer gleich los? Wie die kleinen Mädchen in seiner Klasse, die auch immer gleich flennen, wenn man ihnen eine Raupe in ihre Bücher steckt oder ihnen die Zöpfe während des Unterrichts ins Tintenfaß tunkt. Aber sie ist doch seine Mama! Vielleicht gibt es gar keinen richtigen Unterschied zwischen ihr und den Mädchen. Er an ihrer Stelle würde nicht nur heulen, er würde sich was einfallen lassen, um sich zu rächen. So wie er es seinem Vater heimzahlt. Nachdem ihn Vater einmal brutal verprügelt hat, zog ihm Mengmeng heimlich den belichteten Film aus der Kamera. Jedesmal dachte er sich bei solchen Gelegenheiten abgefeimte, totsichere Methoden aus, sich zu rächen: Einmal spuckte er seinem Vater in die Teetasse, ein anderes Mal stellte er ihm seinen Wecker vor oder zurück; den kann er sowieso nicht leiden, das Ding gehört längst in den Trödelsack eines Lumpensammlers. Mengmeng grübelt darüber nach, wie er seiner Mutter helfen kann; das Problem ist nur, daß er nicht recht weiß, wer sie so schlecht behandelt.

Sie sitzen da wie hölzerne Figuren, als hörten sie Liu Quans Weinen nicht. Maotou springt auf Liu Quans Schoß, schnüffelt an ihr herum und beginnt, die Tränen auf ihrem Gesicht und ihrem Handrücken abzulecken. Maotou ist wirklich ein menschliches Tier.

Liu Quan schluchzt noch heftiger. Die Zeit scheint dahinzukriechen.

„Mama ——!" Mengmeng hält es nicht mehr aus, aber dann weiß er nicht mehr weiter.

„Hör auf zu weinen, Mengmeng ist halb verhungert." Wahrscheinlich das einzige, was Liu Quan wieder zur Besinnung bringt. Es ist Liang Qians Lebensmaxime: Schmerzen heilen nicht durch Vergessen, sondern durch Besinnung auf die eigenen Pflichten.

„Fangt schon an zu essen ..."

„Na hör mal, wir zählen wohl weniger als Maotou!"

„Miau", antwortet die Katze, als hätte sie Jinghua verstanden.

Niemand kann ausschließlich nur sich selbst leben, sie ist schließlich nicht Robinson. Aber es würde ihr schwerfallen, zu entscheiden, welche dieser beiden Lebensformen weniger wünschenswert und mit mehr Mängeln behaftet ist. Wie auch immer, jetzt kann sie nur ihr Schluchzen herunterschlucken, das Herz wird es aufnehmen, dieses Herz mit seinem unerschöpflichen Fassungsvermögen. Ein Meer. Nein, auch Meere haben Grenzen und können über die Ufer treten.

Das heiße Handtuch auf ihren Lidern tut wohl. Das Brennen in den Augen läßt nach. Aber wie häßlich ihr Gesicht im Spiegel ist, von Tränen aufgeweicht, blaß und verschwollen, die Haut spannt über den Backenknochen. „Birnenblüte im Frühlingsregen." Oh ja, eine verblühte Birnenblüte, zurückgeblieben ist nur der Fruchtknoten. Aus ihm reift die Frucht.

Aus jeder ihrer qualvollen Feuerproben sollte sie reifer hervorgehen. Sie müßte längst mit allen Wassern gewaschen sein. Aber sie bleibt zerbrechlich wie eine kalziumarme Eierschale, und ihr Leben verläuft im alten Trott. Sie ist ratlos. Wie in der Schule, wenn sie schlecht vorbereitet in eine Prüfung ging und zitternd rätselte, welches der Themen sie wählen, auf welchem der Antwortbögen sie ihre Kreuze machen sollte. Was kann sie tun? Das fragt sie sich seit vielen Jahren, ohne eine vernünftige Antwort zu finden. Vielleicht sind ihr Mißerfolg und falsche Themenwahl in die Wiege gelegt worden, wie anderen die Kunst des Dirigierens und Führens. Sie verfügt nicht einmal über Liang Qians und Jinghuas Fähigkeit, sich im Gleichgewicht zu halten; sie ist ihrer Umgebung zu sehr ausgeliefert, daher wirft sie jede Kleinigkeit aus der Bahn. Vielleicht fehlt ihr der für sie bestimmte Beruf, der sie ganz erfüllt, deshalb ist ihre Welt so eng. Die beiden anderen haben nicht weniger gelitten als sie, aber sie weinen nicht bei jeder Kleinigkeit. Sie beißt die Zähne nicht fest genug zusammen, darin liegt der Unterschied.

,Die Zähne zusammenbeißen', von wem stammt das? Als wäre es extra für sie gesagt worden.

Immerhin, die Opfer haben sich gelohnt. Der Versetzungsbescheid gibt ihr eine Chance, ihre Fähigkeiten zur Geltung zu bringen. Nicht für sie selbst, ihr einziger Wunsch ist, gute Arbeit zu leisten. Dieses Wunsches braucht sie sich nicht zu schämen. Ihr Leben wird einen Inhalt bekommen. Sie wird nächtens im Licht der Schreibtischlampe, auf deren Sockel ein Pandabär gierig an einem Bambus nagt, ihre Lektüre englischsprachiger Zeitschriften nicht mehr mit einem langen Seufzer beenden, ins Bett gehen und in der Dunkelheit mit offenen Augen daliegen. Sie wird ein

Ziel haben, Ziele schaffen Klarheit und machen das Leben einfacher und klarer.

„Na endlich, die Sonne bricht wieder hervor", mit einem Blick auf Liu Quan vergewissert sich Jinghua, daß sie sich beruhigt hat.

Alle wetteifern, ihr die besten Stücke in die Schale zu häufen, selbst Mengmeng beteiligt sich. Liu Quan deckt ihre Schale mit der Hand zu. Sie schämt sich für ihren Ausbruch.

„Du brauchst dich nicht zu schämen. Schämen müssen sich Leute wie Direktor Wei. Moralisch gesehen bist du die Siegerin", sagt Jinghua.

„Immer langsam!" schreit Liang Qian aus dem Badezimmer. „Ihr abstinenten alten Schachteln! Wir haben kaltes Bier, nicht eisgekühlt, aber immerhin kaltwassergekühlt." In jeder Hand hält sie zwei Flaschen wie vier aus dem Wasser gefischte Handgranaten. „Wo ist der Öffner?"

„Sowas hat hier noch nie existiert." Liu Quan betrachtet hilflos die Flaschen.

„Laß mich ran, du dumme Nuß!" Liang Qian greift sich eine Flasche und beißt mit ihren kleinen Zähnen auf dem Deckel herum.

Mengmeng prustet los. Sie kann es auch nicht besser als Mama, doch wagt er das nicht auszusprechen. Er sagt nur: „So geht es nicht!"

„Wie dann?" Liang Qian hört auf zu nagen und sieht ihn mit großen Augen ernsthaft an.

Jinghua kichert: „Du bist noch dümmer als Liu Quan."

„Versuch's doch selbst!"

„Ich probiere es", sagt Mengmeng.

Die drei Frauen stehen um Mengmeng herum und sehen zu, wie er die Flasche öffnet.

Mengmeng lehnt den Flaschenhals schräg gegen die Tischkante und schlägt mit der rechten Hand kräftig auf den Deckel. Mit einem Knall fliegt der Deckel in die Luft, der Schaum schießt aus der Flasche und Liang Qian mitten ins Gesicht. „Oho, wie stark!" Sie lacht und wischt sich den Schaum vom Gesicht.

„Mein Tisch!" Schmerzlich streicht Liu Quan über die Tischkante, an der eine helle Kerbe entstanden ist.

„Da kann man sehen, wozu ein Mann nütze ist", sagt Jinghua. Sie weiß selbst nicht, über wen sie spottet.

„Schnell, wo sind die Gläser?" schreit Mengmeng. Ununterbrochen quillt der Schaum aus der Flasche.

Jetzt erst machen sie sich auf die Suche nach Gläsern. Es dauert eine ganze Weile, bis sie vier geeignete Trinkgefäße zusammengetragen haben, ein kunterbuntes Durcheinander von großen und kleinen Gefäßen zu verschiedenen Zwecken. Erst dann bemerken sie, daß direkt hinter ihnen auf dem Teetablett ein paar Gläser bereitstanden.

Vor den gefüllten Gläsern wird Liang Qian plötzlich ernst.

„Ich möchte einen Toast ausbringen." Sie sieht Liu Quan und Jinghua an. „Auf die Frauen, Prost!" Aus jedem ihrer Worte könnte Blut fließen.

„Gut gesagt!" Jinghua hebt ihr Glas.

Auf errungene und noch nicht errungene Rechte der Frauen, auf ihre Opfer und Leistungen, auf ihre Leiden, solche, die sich in Worten und solche, die sich nicht in Worten ausdrücken lassen, auf die erfüllten und noch nicht erfüllten Sehnsüchte der Frauen ... Jede Frau kann ohne Scham in diesen Toast miteinstimmen und auf sich selbst trinken!

„Wird denn kein anderer für uns ...", sagt Liu Quan, ihre Lippen beginnen wieder zu zittern.

„Es wird sie geben!" antwortet Jinghua resolut. „Es wird sie geben!"

„Mama, ich!" Mengmeng streckt ihr sein Glas entgegen.

Jinghua hält sein Glas zu. „Nein, Mengmeng, erst wenn du groß bist."

Ja, wenn aus den Mengmengs von heute einmal wahre Männer geworden sind, werden sie vielleicht verstehen, wie schwer es ist, eine Frau zu sein.

ANMERKUNGEN

1 Während der Kulturrevolution.

2 An und Tai bedeuten ‚Frieden'. Lao bedeutet ‚alt' und wird bei freundschaftlichen und kollegialen Beziehungen mit älteren Personen vor deren Familiennamen gesetzt.

3 Entspricht einem Groschen.

4 Titel eines Romans von Yu Luojin, der ein unglückliches Frauenschicksal schildert.

5 Beheizbare, aus Ziegeln gemauerte, große Schlafstätte.

6 Ehrenamtliches Komitee, das zumeist aus Hausfrauen und Rentnern besteht und für die Sicherheit und das Wohlergehen der Straße sorgt.

7 Bekannte zeitgenössische Dirigenten.

8 Bekannter zeitgenössischer Mathematiker.

9 Legendärer Affenkönig aus dem klassischen Roman „Die Reise nach dem Westen".

10 Hier Begriffe aus der Geomantie.

11 Huangshan: Der gelbe Berg, eines der vier heiligen Berggebiete Chinas in der Provinz Anhui. Shixin ist einer der Berggipfel.

12 Prosa des Dichters Qu Yuan (ca. 340 bis 278 v. Chr.) aus der Zeit der Streitenden Reiche.

13 Hausdiener im klassischen Roman „Traum der Roten Kammer".

14 206 v. Chr., Treffen zwischen Liu Bang und Xiang Yu, Anführer zweier gegnerischer Heere, in Hongmen, Provinz Shaanxi, bei dem Liu Bang ermordet werden sollte.

15 Berühmte Dichterin (1084 bis ca. 1151) der Song-Dynastie.

16 Eine Art Atemtherapie.

17 Um 1955 gab es eine Kampagne gegen vier „Schädlinge": Fliegen, Moskitos, Ratten, Spatzen.

18 Eine Redewendung, die bedeutet, jemanden auf politischer/ideologischer Ebene ein negatives Etikett anhängen.

19 1949, bei Gründung der VR China, wurde das Einbinden der Füße verboten, und wo immer möglich, wurden die bis dahin eingebundenen Füße „befreit".

20 Entspricht etwa dem „inneren Auge".

21 Amtsgebäude

22 Bezeichnung von acht Peking-Opern, deren Aufführung und „Gestaltung" Jiang Qing, die Witwe Maos, während der Kulturrevolution durchsetzte.

23 Bekanntes Fleischwarengeschäft in Peking.

24 Held in Lu Xuns Novelle „Die wahre Geschichte des Ah Q" (1921).

25 Antikonfuzianische Bewegung 1919.

26 Held in der Peking-Oper „Die leere Stadt", deren Quelle der klassische Roman „Die drei Reiche" ist.

27 Einer, der ein Auto besitzt.

28 Einer der berühmtesten Komiker.

29 Teigklöße mit Fleischfüllung.

30 Beamter aus der Frühlings- und Herbstzeit, 8. bis 5. Jahrhundert v. Chr., der mit einer schönen Frau in einer Herberge übernachtete, ohne sie zu berühren.

31 Engpaß an der Großen Mauer in der Nähe Pekings.

32 Figur aus der Novelle „Der Sturm" von Lu Xun, die sich ständig über die „neue Zeit" beschwert.

HÄUTUNGEN
von Verena Stefan
ISBN 3—88104—000—5
128 S., DM 9,80

„In diesen tagebuchartigen Aufzeichnungen, in denen sich die Erlebnisse der Geschlechterbeziehungen im Licht eines klaren analysierenden Denkens spiegeln, verfolgt die Autorin die Geschichte ihrer eigenen Loslösung aus den zwanghaften Paarverbindungen, aus den ‚Schrecken der Sexualität' — auf der Suche nach dem verlorenen weiblichen Ich."

DIE SCHAM IST VORBEI
von Anja Meulenbelt
ISBN 3—88104—044—7
298 S., DM 19,80

„Feminismus ist nicht nur eine Theorie, sondern auch eine Art zu leben, verletzbar und widersprüchlich." Anja Meulenbelt beschreibt in ihrem autobiographischen Roman den Weg einer Frau, die sich nach gescheiterter Ehe und politischen Aktivitäten in der Linken zu einem Leben mit Frauen bekennt.

CONFUSA DESIO
EINE REISE IN ABSCHWEIFUNGEN
von Rosetta Froncillo
ISBN 3—88104—129—X
347 S., DM 28,--

Diese „Reise in Abschweifungen" zu sich selbst und zu den anderen Frauen ist keine handelsübliche Autobiographie, sondern eine Genealogie der Mütter + Tanten, der Schwestern + Freundinnen, ein Stück Geschichtsschreibung über die Beziehungen unter Frauen, eine Chronik der Ereignisse auf dem Kontinent namens „Frauen unter sich".

TOCHTER DER ERDE
von Agnes Smedley
ISBN 3—88104—088—0
434 S., DM 18,--

Ein autobiographischer Roman und mitreißendes Zeugnis eines kämpferischen Frauenlebens um die Jahrhundertwende. Er erschien in Deutschland zum erstenmal 1929, unter dem Titel: „Eine Frau Allein".

DIE HIMMLISCHE UND DIE IRDISCHE GEOMETRIE
Roman von Christa Reinig
198 S., DM 22,50

„Was bin ich? Ich bin die Summe meiner Erinnerungen. Allerdings, die Menschen, die meine Erlebnisse geteilt haben, würden mir widersprechen: Du erinnerst dich nicht richtig, dies und das hast du vergessen, und übrigens war die Sache ganz anders.
Und daher ist dies Buch keine Autobiographie, sondern ein Roman. Der Roman eines Gedächtnisses.
Für diesen Roman erhielt Christa Reinig 1976 den Kritikerpreis für Literatur.

DIE FRAU IM BRUNNEN
Roman von Christa Reinig
135 S., DM 19,80

„Wie mache ich mich groß? Indem ich die Erde groß mache. Leicht gesagt, wo wir doch alle damit beschäftigt sind, die Erde klein und kleiner zu machen. Am Ende bleibt nichts als ein Baum am Straßenrand, der aus Eimern getränkt werden muß, weil das Grundwasser seine Wurzeln nicht mehr erreicht und von dem die Vorübergehenden in spielerischer Grausamkeit auch noch die Äste abreißen. Die Frau im Brunnen kann mir keine Fragen beantworten, die ich mir nicht selbst beantworten kann, die Frau, die ich gern sein möchte, gibt es gar nicht."

GYN/ÖKOLOGIE
eine Metaethik des radikalen Feminismus
von Mary Daly
490 S., DM 48,--

„Die vorherrschende Religion auf dem gesamten Planeten ist das Patriarchat als solches, und seine eigentliche Botschaft ist die Nekrophilie."
Mary Daly diagnostiziert das „Sado-Ritual-Syndrom" des Patriarchats und weist es in den verschiedenen Kultur- und Zeiträumen nach.

ANATOMIE DER FREIHEIT
Feminismus, Physik und Weltpolitik
von Robin Morgan
401 S., DM 48,--

Robin Morgan nähert sich dem komplexen Thema von einer Vision der Freiheit über das Modell der Holographie — von *allen* Seiten. Als zentrale Analogie zieht sie Entdeckungen aus der Neuen Physik heran und schlägt vor, einige ihrer Erkenntnisse in unsere Vorstellung vom Menschen und unsere politischen Konzeptionen einzubeziehen.